一生一念

孙翠翠 著

时代文艺出版社

图书在版编目（CIP）数据

一生一念 / 孙翠翠著. — 长春：时代文艺出版社，2020.2（2021.5重印）

ISBN 978-7-5387-6324-9

Ⅰ.①一… Ⅱ.①孙… Ⅲ.①报告文学－中国－当代 Ⅳ.①I25

中国版本图书馆CIP数据核字（2019）第299503号

出 品 人 陈 琛
责任编辑 刘瑀婷
        闫松莹
装帧设计 孙 利
排版制作 隋淑凤

一生一念

孙翠翠 著

出版发行 / 时代文艺出版社
地址 / 长春市福祉大路5788号 龙腾国际大厦A座15层 邮编 / 130118
总编办 / 0431-81629751 发行部 / 0431-81629755
官方微博 / weibo.com / tlapress 天猫旗舰店 / sdwycbsgf.tmall.com
印刷 / 保定市铭泰达印刷有限公司
开本 / 880mm×1230mm 1 / 32 字数 / 130千字 印张 / 7
版次 / 2020年2月第1版 印次 / 2021年5月第2次印刷 定价 / 42.00元

我不知道，
该拿什么奉献给你，
唯有这一世真心！

——题记

目 录

　　我曾在心里，种下一百首情诗，它让我无时无刻不感到幸福和满足，又无时无刻不感到沉重和无所依托。直到有一天，我成为一名农业记者，以另一种姿态走向了广袤的土地。

　　这血运旺盛的热乎乎的土地，这肥沃丰饶的油浸浸的土地，深深地吸引、吸附着我，一路前行。在葳蕤的、寂寞的、坎坷的轮回里，收容了我海水般也咸涩也晶莹的汗水、云朵般也漂泊也依恋的身影、血脐般也疼痛也深情的足印。

　　四午前，我在瑞雪飘飘的冬季调到了聂艳华——一个有着坚定信仰的粮食人、企业家。我被她的情感、情怀和境界所吸

◎ 中国人的口粮 冯健男 摄

引。然后，跟随着她的引领，开启了生命中的另一道门扉。

我看见了平时被忽视的粮食；我看见了粮食与土地、土地与人类之间的隐秘关系；我还看到了一条隐隐约约的线，横跨岁月，把人类的命运和粮食紧紧地拴在了一起。

聂艳华是了解粮食的。她三十四岁便成为粮食运转、流动的推手。起初，她只是将吉林紧缺的面粉从山东等小麦富足的地方运来，后来，她又将农民晾晒在场院的水稻磨成大米，运往全国各地。在一来一回的二十多年里，聂艳华窥探到太多关于粮食、粮食加工、粮食经销者的秘密。面粉里的各种添加剂、大米中的陈化粮、重金属超标……

不惑之年，聂艳华如得了什么使命一样，笃定地走上了与粮食更为密切的另一条道路——捍卫粮食、捍卫粮食的品质和尊严、捍卫人们应该拥有的粮食安全和食品安全。

从种子落地，到秋日收割，再到它们变成香喷喷的饭食，融化到人的血液当中。小小的粮食，经过储存、烘干、加工、包装、运输、销售等种种过程，最终又以某一种形式回归大地。若深思这长长的链条，细数这链条上的每一个环节，总有人会幡然醒悟——这与我们人类的生灭何等契合。由此说，守卫粮食的安全、品质和尊严也是守卫人类自身的安全、品质和尊严。

聂艳华便是顿悟者之一。春种秋收，夏长冬藏，她常常立于土地之上，双手合十，向天仰望。当一粒粒充满生机的粮食，离开裹壳，落入各式包装袋，搭乘着各类运输工具远行，她一直以最虔诚的目光护送着它们。

当有人问："你这样双手合十，是有什么信仰吗？"聂艳华总是沉默不答。

我想，如果非说她有什么信仰的话，那该是对大地的情意和对粮食的尊重。

四年时光匆匆而过，我的目光从土地转向粮食，又转向那些与粮食有关的人，最后聚焦到那些热爱粮食、恪守品质、愿为粮食事业双手合十的人——育种人、栽培人、种粮人……我终于在一粒普普通通的粮食里看到了般若与禅意——

> 一生一念，
> 不是海誓山盟的誓言，
> 不是信誓旦旦的承诺，
> 一生一念，
> 是我们共同写给土地的情诗。

第一章

『半壁江山』被夺

五十三岁的聂艳华跟着村支书走向水稻田时，雨季已经结束。多日不见的阳光，如清澈的流水，倾泻在稻苗上，稻苗似乎更绿了，绿得油汪汪的。

田埂上的草是湿的，花也是湿的，插在地里农民的铁锹也是湿的，还有那个常年立在田里的稻草人，更是从头湿到了脚。

聂艳华穿过潮湿的空气，不一会儿，从头到脚也都潮湿了。她本就稀稀落落的头发，潮湿后，薄薄地贴在头皮上，把人显得有些清瘦。

田埂很泥泞，她在农民家借的靴子有些不跟脚，脚都离地有一段距离了，靴子才离地一点点儿，所以每走一步，鞋里都发出"咕叽咕叽"的声音，好像踩了两只蛤蟆。还有几次她的靴子差点儿被泥巴粘掉。

村支书和农民们闲聊着，聂艳华对不远处的水库产生了兴趣，于是，她绕过了几个田埂，在水库的大坝坐了下来。

此时的聂艳华很孤独，就像水库里的一条小鱼，她看起来拥有这海一样的水域，却看不到任何一条和她一样的鱼。她在水里游着，只能听到自己的鱼鳍划水的声音。那声音响极了，这让她的孤独更深了。

这一刻，聂艳华真想坐在水边哭上一场，就像前几个月，那些坐在她的会议室里哭泣的老员工们一样，痛痛快快地哭出来。

就在今天之前，她还是几家全国知名品牌面粉的长春代理商。长春市作为吉林省的省会，是省内的政治、经济、文化中心，它的面粉价格会直接影响到省内的其他地区。更重要的是聂艳华不仅做批发，还在长春市有一百多个终端零售店，这些店面密密麻麻像一只大网一样，罩住长春的面粉零售市场。

对长春稍有了解的人，都知道长春有一个覆盖面极广的超市——欧亚超市。在长春，附近是否有欧亚超市，足以影响楼房的销售价格。所以，新楼盘开盘的广告宣传中，会写到"欧亚超市近在咫尺"这样的字样。欧亚超市在长春的影响力，由此可见一斑。

供应商想进入欧亚超市非常难，除了要经过严格的质量审核外，还要有一定的知名度，当然还有一些其他的近乎苛刻的条件。即便是这样，进入欧亚，还是让供应商们趋之若鹜。因为进入这家超市，不仅仅会带来可观的利润，它还是产品品质、品牌地位、公司实力的一种象征。

聂艳华的米、面、油已成功进入欧亚超市，只要有欧亚超市的地方，便有聂艳华的专柜或者是地堆。除了欧亚超市，诸如沃尔玛、远方超市等有名气的超市里也都能找到聂艳华的粮油。

而这一切，都不会凭空而来。聂艳华当年为了打开长春市场，带着自己的员工，一家一户地宣传推广，一干就是十九年。十九年的血与汗，才换来了今天的局面。

想想这些，聂艳华的眼睛便更潮湿了。

就在前几个月，春节刚过，面粉销售进入了淡季。为了完成面粉厂家给经销商的任务，聂艳华只能先把她的任务发回来。两千多平方米的仓库早就摆满了滞销的面粉，拉回来的面粉只能放在东北亚物流的临时货位里。整整几十车皮面粉，如一座座无法翻越的大山，堵在聂艳华的眼前，堵在她的心上。

面粉正在滞销，这该怎么卖呢？装卸工的手脚依然是那么麻利，一袋袋面粉在他们手上如一只只洁白的小鸟，正自由地飞翔着。他们并没有注意聂艳华当时的表情，更不了解她是怎样的心情。他们每卸一袋面，每一袋面粉"扑通"一声落地，聂艳华的心都"咯噔"一下。四十多个临时货位很快便装满了，一个挨着一个的白色货堆，高高耸立着，它们手拉着手，连接成一道长长的密不透风的墙，似乎把未来的路都堵上了。先不说这些积压的面粉里埋葬着怎样庞大的现金流，单说这临时货位每个月的租金、管理费就会吃掉多少利润啊！

几十车皮面粉，必须尽快销出去，不然压在手里过夏生虫可不得了！聂艳华组织老员工商议对策，又给所有员工开动员会，总之就是一句话："发动一切力量，把积压的面粉销售出去。"

聂艳华的公司叫"吉林省华兴粮油食品有限公司"，为了叫着简单顺口，大家都叫它的小名——"华兴"。华，既是取聂艳华名字的最后一字，也是我中华之"华"。"华兴"既是表示聂艳华把身家性命绑在这里的决心，也表达了我大中华必然复兴，

企业借其复兴大势而更加兴旺之意。

"华兴"走过十九年，这一路太过艰难，完全是这些员工们一寸寸走出来的，一袋袋面粉背出来的。所以，"华兴"从来都不是聂艳华一个人的，而是所有人的。她，是所有人的孩子。如今，孩子遇到了困难，老员工们必是拼了老命地保护她。

"不怕，咱们拿出当年闯市场的劲儿，用肩扛，也得扛出个市场来。"说话的侯戬已经五十八岁了，是"华兴"的总经理。

"是啊，大不了，还像当年那样，挨家挨户走！"李淑艳是采购部负责人，也已经多年不走市场了。但生死关头，她当然得带头保护自己这个年轻的孩子。老员工们你一言我一语，他们的激情和干劲儿将聂艳华心里那堵又高又长的墙推出了一条小缝，聂艳华终于可以透过这一条微微的缝隙喘口气。

廉颇老矣，尚能饭否？

时隔十九年，老员工们主动出山，带着新员工一起重新闯市场。

老员工的出山虽然没有在短时间内改变面粉滞销的现状，但却发现了一个重大的秘密。这次面粉滞销，不仅仅是因为春节过后的市场规律性缩水，而是有附近城市的经销商，为了度过市场淡季，转嫁自身危机，偷偷地以低价潜入了长春市场。

◎ 聂艳华与员工一起插秧 赵树根 摄

　　事情办得很隐秘，前来推销业务的多半是些新面孔，因为对方给的价格较低，面粉又确实是同一个厂家的同一个品牌，"华兴"的新客户很快就被抢了去，而一些忠实的老客户在利益面前也正在动摇。

　　"反水，看来是早晚的事儿！"老员工为"华兴"捏了一把汗。

　　"这么多年，'华兴'的市场一直很稳定，并且稳中有进，不仅仅是因为大家勤劳、诚信，更重要的原因是'华兴'在整个长春市场占有绝对优势的市场份额。他现在低价进入，对我们的威胁太大了。"

　　"找他算账去。"

　　"去厂家告他。我们如果也不守规矩，他家还能活到今天？"员工们都被激怒了，他们越说越冲动，有人甚至要去狠狠地修理这些不守规矩的家伙。

　　他们所说的规矩，其实是面粉厂家给经销商的一个规定。面粉厂家在与每一个经销商签订协议时，都将市场划分得很明确，并且口头约定，品牌的价格要实行厂家的统一销售定价。这种规矩，既约束经销商，也保护经销商，同时也保障了市场的井然有序。

从创业到今天，聂艳华的心里再清楚不过了，厂家与经销商有时候并不是一个心思。厂家要的是销售量，他更希望经销商能压缩自身利润，把销量做上去。而经销商追求的是单品利润，把单位利润做上去了，哪怕牺牲点儿量也是划算的。这个道理很简单，在相同利润的前提下，干活少，当然人员开支等各项成本就少，成本降下来了，无形中就增加了纯利润。所以，经销商希望的是垄断某一品牌的市场，掌握零售定价权。而厂家则不希望经销商形成品牌垄断，他们更希望经销商之间有竞争，这样有助于厂家提高销量。所以，每当面对这样的"串货"情况，厂家多是睁一只眼闭一只眼，而且处理起来也总是拖拖拉拉、遮遮掩掩，态度十分暧昧。

员工们执意去找厂家理论，可是聂艳华哪敢去找厂家理论呢？现在这家面粉厂的产品已经是全国知名品牌了，长春市场又比较成熟，你不干了，多少人提着礼物走后门等着做品牌经销商呢！

销售淡季，产品滞销，同行为转移压力对自己的市场正虎视眈眈……正当"华兴"全体人员为如何渡过这一难关而绞尽脑汁时，又一个噩耗传来了。

因为面粉厂家的扩建，产能再一次提升，面粉厂再次向经销商施压，增加了任务量。

第二批货不由分说，即将到来！

采购部顶不住了！

总经理也顶不住了！

压力，全然砸在聂艳华的身上，那一道道白色的墙，密不透风的墙，如今，轰然倒塌了！

聂艳华，也顶不住了！可是，她还可以把这压力分解给谁呢？还有谁能替她顶着呢？整个公司都在看着她呢！她能倒下吗？这时候，就算天塌了，聂艳华也得顶着，不管她是强是弱，即便是把腰杆挺折了，她也得挺着。因为她是董事长，她是"华兴"这个大家庭的家长，就算是死，她也得站着死在这里。

追加任务量是全国性的，其他经销商一定也承受着同这样的压力。他们怎么渡过这个难关呢？聂艳华听说北京是该面粉厂的销售样板市场，便只身一人去北京考察。

北京的市场确实太大了，仅这一个厂家便有 18 个经销商。但面粉经销商的利润并不高，每袋 50 斤装面粉的利润最多保持在 5 角钱左右。18 个经销商平分北京市场，谁也不压价，更不可能抬价，大家靠走量取胜，也靠节约开支增加利润。经销商大多是夫妻档，男人跑市场、进货、送货，女人在家管账、管钱、管库房。工人最多时也不超过四五个，而且多是流动的、临时的。

去了趟北京，聂艳华的心更凉了。一袋面粉的利润如果只有 5 角钱，对于"华兴"来说，根本不够养这百十号员工的。

面粉不是一般的商品，它是百姓入口的粮食，一旦积压过夏，面粉就会坏掉。从聂艳华入行的第一天起，她最怕的就是坏了粮食，如果把粮食保管坏了，就如同犯了大罪、重罪，无法救赎。所以，聂艳华狠了狠心，说什么也不进新货了，哪怕对方砍掉她的经销市场，她也要替老百姓把住这一关。

这个决定在"华兴"引起了轩然大波。虽然老员工知道积压严重，事实上已经不能再进新货了，但是谁也不敢相信董事长真下了这样的决心。这需要多大的勇气啊！大家心里都知道这意味着什么。

"这样能行吗？厂家会生气吧？"

"那怎么办呢？积压这么严重，再进货怕是积重难返啦！"

"厂家会制裁我们吧？"

"厂家不制裁，市场就会制裁。货压多了，生虫、变质，咱们怎么办？"

一时间，公司上下都提着心。

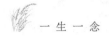

　　果然，厂家得知聂艳华暂时不进新货的原因后，马上派专人前来。

　　那是 2013 年的 6 月，厂家的大区经理、片区经理、销售主管同时来到长春。聂艳华安排所有部门负责人在公司准备隆重接待。

　　前来处理事务的是三名男士，他们并不是来商量聂艳华的销售任务该如何更好地完成，是否有一些更好的政策给她，而是来"宣判"的：

　　"作为经销商，你们没有按时完成销售任务，现在，工厂决定，将长春市场一分为二，人民大街以东，划分给其他经销商，人民大街以西，还归'华兴'经销，销售任务不减，按原有任务执行……""宣判"后，他们还留下了一句更为强硬的话："你们能干就干，不能干厂家还会另想办法。"

　　这个坏消息，无疑超出了大家的想象。作为经销商，"华兴"没有任何能力与对方理论。厂家的人转身走了，大家尴尬地坐在那里，没人起身，也没人动。大家低着头，谁也不说话，谁也不出声。时间，慢得像过了一个世纪。终于，门市部赵凤珍主任先忍不住，嘤嘤地哭了起来。接着就是李淑艳、刘晓春……就连平时最爷们儿的陈延峰也掉了眼泪。总经理侯戬挥起拳头，狠狠地砸在一个面粉袋子上，额头的青筋根根暴露。

不知道最终是谁先把这个闷着的葫芦引爆了。

"这也太欺负人了吧！当年我们为这个品牌打市场，推着自行车一家一家地走，从天刚亮一直走到看不见路。我们爬了多少楼，吃了多少闭门羹，看了多少冷脸色啊。现在，长春市场打开了，却把它从我们这儿分走了！"

"是啊，我们为了打开市场，一辆自行车上，前面推着孩子，后座放着面粉。有一年冬天路滑，有一袋面粉一直没送出去，我就一直推着走啊走，走到天黑我和孩子都没吃上饭，孩子就睡在自行车的横梁上……"

"凭什么把市场给他们啊，十多年了，他们一直不守规矩一直在暗暗吞噬我们的市场，最终不惩罚他们，还把市场划给了他们一半？为什么这么不公平呢？！"

此刻，聂艳华不知道该说些什么，经销商的日子的确是越来越难过了，可是作为"华兴"的董事长，她要做的，是如何让"华兴"在这场风波里继续活下去。

第二章

盛 和 塾

华灯初上，奔波了一天的聂艳华终于回到了明珠小区的一栋老楼里，这是她住了近二十年的家。

开了门，她将肩上的双肩包一扔，便瘫在沙发上一动不动。她真的不想动，或许，她已经不能动了。

每一天，她都是耗尽了所有的能量才肯回到这个家的。原来，"华兴"拥有整个长春市场都很难完成销售任务，现在市场只剩下一半了，她又能靠什么完成销售任务呢？公司目前所面临的困难该如何解决？她的这些员工，跟她干了十几年的兄弟姐妹，该怎么养家糊口呢？这些天，这个问题一直缠绕着她，折磨着她，让她无比痛苦。她感到十分无助，无所依靠，更无从选择，甚至无路可走。

巨大的压力下，聂艳华感到自己的身体渐渐垮了。每天一到下午就浑身无力，冒虚汗，眼睛睁不开，心里烦躁。

家人和朋友都劝说她："早点儿退休吧，一个女人家的，挣那么多钱干什么啊？"

可是，他们哪里知道聂艳华心里想的是什么！她可以退休，可是"华兴"怎么办？那些和"华兴"出生入死的兄弟们怎么办？他们背后，是一百多个家庭啊！作为董事长，聂艳华对他们是有责任的，即使她没有能力保证他们个个都家庭幸福，至少，她要为他们提供稳定的工作岗位啊！所以，无论如何，聂艳华必须在退休之前，为"华兴"找到出路。

有时候，聂艳华是想找个人说说话的，倾诉也是一种解压方式。可是，她要和谁倾诉呢？公司里都是她的员工，她能把自己最脆弱的一面呈现给他们吗？她是他们的支柱，她应该永远坚强地挺立着。那要把压力倾诉给自己的家人吗？更不能！家人是最关心最心疼她的人，儿子和爱人怎么舍得她禁受这样的艰难呢？她不能把这些负面的信息传递给他们，让他们担心，更不能让一份痛，变成三份。

聂艳华蜷卧在沙发上，没有开灯。手机响了几声，她就任它响。

大约昏睡了两个多小时，聂艳华的身体才渐渐苏醒过来。她从沙发上爬起来，开了灯，拉上窗帘，然后，拿起手机回复了几条信息。

最近，聂艳华感到沮丧和颓废。她意识到，时代变了，自己的身心都有些跟不上了。经销商的日子，更是一年难过一年。特别是互联网时代的到来，把原来空间、时间的概念都改变了，很多产品都实现了厂家直供，经销商的空间越来越小。有时候，聂艳华想鼓起勇气，去做一个自己的品牌，自己掌控自己的命运，可是，做什么，怎么做呢？一切都毫无头绪。或者更直接地说，她可能已经不具备重新创业的勇气了。

聂艳华连续咳嗽了几声，担心着自己的肺炎是不是又犯了。她的身体的确一日不如一日。无故昏倒的老毛病，随着怨、恨、恼、怒、烦的情绪变化而增多了。有时候，她正坐着聊天，忽悠一下便晕倒了；有时候，走走路，感觉身体往前一倾，便没有了知觉。

她第一次发病是在几年前，当时她和爱人去石家庄、廊坊办事，上电梯前，她还和送行的人打招呼告别，电梯走到九楼的时候，她却突然晕倒不省人事。

"艳华、艳华，你怎么了？你醒醒！"聂艳华的爱人一遍一遍喊着她的名字，她已浑然不知。过了好半天，她才渐渐恢复了知觉。爱人陪着她去医院做了详细的检查，被确诊为"由颈间盘钙化引起的颈部椎管狭窄造成的间歇性脑缺血"，需要手术治疗。聂艳华没有选择手术，而是选择了保守治疗。

为了找到更好的治疗方式，聂艳华利用出差的机会，走了很多国内外的大医院。有一次在北京 301 医院，她拍完片子去找医生。当医生看到聂艳华的 X 光片时，问："患者在哪儿，现在什么状况？"

"我就是患者。"聂艳华答。

"你怎么来的？"医生惊讶地上下打量着她。

"我自己走来的。"聂艳华说。

医生不解地摇了摇头，又用小铁锤捶捶她的两条胳膊，又捶捶她的腿，还是不敢相信地说："哎，从这张片子显示，你压迫的位置应该导致你重度瘫痪，你现在还能自由行动，这算是不小的奇迹了。"

聂艳华早已有了心理准备，但她多么希望医生告诉她，她的身体没事儿，或者告诉她一个可以根治的办法呢！可是，医生没有。

聂艳华和爱人又找了几家医院，再次做了检查，结果和上一次一样，聂艳华能够行走，已经是个奇迹。倒下，是随时可能的事情。

有谁不惧怕死亡呢？比死亡本身更可怕的便是卧床瘫痪。聂艳华沮丧透了，连续几天也没出门，她还有那么多的事没有做，一旦倒下，这个家谁来照顾，公司里一百多名员工怎么办？

秋天的落叶在地面上渐渐干枯，自己的生命，也如同这叶子一样，正在萎缩、干瘪。聂艳华感到，人的一生太短，没有足够的时间去做完每一件事情，没有足够的空间去实现每一个愿望。她心有不甘，却又不得不更爱这个世界，因为这个世界，或许，正在与她渐行渐远。

聂艳华是了解自己病情的。她童年时和同伴一起玩耍，对方不小心一推，使她一头撞到了一个硬物上。从这几次拍的片子上看，钙化的位置正是当年撞坏的位置。聂艳华不得不面对现实，如今她还能行走，已经是上天眷顾。老话说：善有善报，恶有恶报。这可能是聂艳华从不做恶事，一心一意做好粮食生意，做好良心粮食，上天给她的回报吧，让本该躺在病床上的她还能走动。聂艳华萌生了一个念头，以后不仅不能做坏事，还要有意识地做更多好事，多做好事老天总会给好的回报的。想到这些，她的心里就好受多了。因为，她找到了一个可控的抓手。

什么才是更有意义的好事儿呢？聂艳华在烦乱的思绪中进入了梦乡。

第二天，聂艳华和朋友一起吃饭，闲聊中，朋友告诉她，北京有一群和她一样做企业的人正在学习"稻盛和夫经营哲学"。

稻盛和夫，大名鼎鼎的稻盛老人，谁人不知呢？他白手起家，先后创建了京瓷和 KDDI 两家世界五百强企业；2010 年 2 月 1 日，他临危受命，出任破产重建的日航 CEO，在不到半年的时间内，就让日航大幅度扭亏为盈，在 2010 年底创造了日航历史上空前的 1500 亿日元的利润。他是所有企业家的偶像啊！

中国著名学者季羡林老先生这样评价稻盛和夫："根据我七八十年来的观察，既是企业家又是哲学家，一身而二任的人，简直凤毛麟角，有之自稻盛和夫先生始。"

马云曾说："到了今天，企业家最关心的问题是有关人本身的问题。人为什么活着？企业存在的意义何在？我们应该对社会做出怎么样的贡献？我从稻盛经营哲学中学到了很多。"

"稻盛和夫经营哲学"？聂艳华如同抓到了救命稻草一样，她一定要去学习。

聂艳华马上给北京盛和塾打了电话报名学习课程。负责报名的人告诉聂艳华，以后在长春也会开课，她可以等着上长春的课。聂艳华等不及了，她急切地需要有人或者有一种方式，能挽救她的"华兴"。对方告诉她，沈阳也有课程，离她近一些。聂艳华也不想到沈阳学。她心里还有一丝执念，她认为在首都北京的课程，一定会更好一些。她的"华兴"到了生死关头，她不能因为自己怕折腾、怕路远就错失机会。

聂艳华终于背着她的背包去了北京。她没有选择乘坐动车，更没有选择坐飞机，为了节约时间和成本，聂艳华每周早早地预定周五夜间 10 点的火车，第二天早上 6 点左右刚好到北京，回程则乘坐周日夜间 10 点从北京开往长春的火车。聂艳华算了一下，这样一来一回，不仅在时间上不耽误在"华兴"的工作，在费用上，既节省了交通费用，又省了两个晚上的住宿费用。和她同行的三位来自长春的盛和塾塾友不相信聂艳华能一直这样坚持下去。她们认为聂艳华这么大年纪了，没必要吃这样的苦，而且她的身体也未必能吃得消。但谁也没有想到，聂艳华

◎ 长春—北京，留下了聂艳华的匆匆背影　刘薇 摄

真的坚持下来了。

　　加入北京盛和塾以后，聂艳华成为班级里年纪最大的学员，她总是笑容和蔼，说话声音低低的，为人做事也十分低调谦卑。正如老子所说："天下之至柔，驰骋天下之至坚，无有入无间。"聂艳华这样的柔软、真挚的性情，得到了班上同学们的极大尊重。他们都亲切地叫她"大姐"。聂艳华在盛和塾不仅开了眼界，更打开了自己的心。

　　在稻盛经营哲学里，稻盛先生主张，做企业要敬天、爱人，作为企业家，必须要明确事业的目的和意义，到底要为谁而干。聂艳华在心里暗暗想，原来企业还可以这样做啊！这些理念她从前从来没有听说过，更别说想过。从前她只是本本分分地做着自己该做的事情，兢兢业业算计着企业分分角角的利润，从来没有好好问过自己，自己做企业到底是为了什么。聂艳华学习极为认真，她的记忆力不好，就准备一个小本子，认认真真地把老师讲的内容都记在本子上。每次上完课，她坐火车回长春，都会拿出小本子看一看，回味一下课上的内容。每次去学习路上，她也会翻出小本子，想一想，老师讲的课程，她这一周都落实了哪些，哪些落实不了，为什么落实不了。

　　聂艳华边学边用，边用边学，为了让员工们跟上自己的脚步，每次学习回来，她都第一时间与员工们分享她的学习感受，并买一些书送给员工。渐渐的，"华兴"自觉形成了一种和稻盛有关的企业文化，"华兴"在这种企业文化的滋润下，慢慢发生了改变。

聂艳华在盛和塾受益了，她就想着如何把这种经营理念传播出去，分享给那些在经营路上摔了跟头的人。有一次，聂艳华在回长春的路上和同伴们商量，她想在长春成立盛和塾，并希望稻盛老人能亲自为长春盛和塾授牌。同伴们都笑了，哪里有这么容易的事情呢？他们觉得聂艳华过于理想化了。但是他们并不知道，聂艳华已经暗暗下了决心，她甚至为长春盛和塾想好了地址，就是一个她目前闲置的办公室。她打算提供给未来的长春盛和塾用于办公。

聂艳华频繁地往返于北京与长春，每次回来都背回来一摞书籍。聂艳华的爱人有些担心她，怕她因为压力大而加入什么不该加入的组织。但是他并没有马上问她，也没有盲目地下定论，而是默默地观察着她的变化。聂艳华不在家的时候，爱人把她背回来的书一本一本地浏览了一遍，心，渐渐放下了。更让他感到放心的是，聂艳华在学习了一段时间后，精神状态渐渐好了起来，脸上的笑容也渐渐多了，有时候，还能耐心地在家里做顿饭。而聂艳华的身体状态也因为情绪的变化而渐渐恢复着。从前那个焦躁、灰心、无力的聂艳华不见了,原本就十分心软的聂艳华,变得更加善良,更加为他人着想了。

一次闲聊中,聂艳华得知爱人的几个长辈在农村生活困难,便决心帮助他们。她打算每个月给这些老人存一笔生活费用,敬养他们。她担心自己忙起来会忘记,也担心老人接受钱的时候会有心理负担,便告诉会计,每月员工开工资的时候,从自己的工资中拿出一部分,一起给这些老人开"退休金"。

盛和塾给聂艳华带来的变化,不仅仅是改善心性、拓展经营以及学会如何敬天爱人,更大的变化是——在盛和塾,聂艳华终于明白,作为经营者,要明确事业的目的和意义是什么。这个目的和意义便是对员工和家属的现在和未来负责任,如果经营者没有这样的目标,那她就不是称职的经营者。

聂艳华做了近二十年的企业,在这一天,她才真正明白,原来做企业是要有使命感的!回首自己这二十年,她不由得心生惭愧。

于是,聂艳华开始思考:"我的使命是什么?未来我要怎么完成我的使命呢?"

第三章

知 音

　　稻盛经营哲学的迷人之处是他不仅告诉你做企业要找到使命，他还告诉你怎样经营企业才能完成使命。

　　聂艳华购买了大量的系列书籍，除了让自己把稻盛先生的经营理念吃透，还要求员工们也学习其中的方式方法。很快，聂艳华组织全公司的员工开始学《活法》《六项精进》《经营与会计》，等等。只要听说哪里有学习班，她一定会送高管们去学习。

　　聂艳华谨记着"六项精进"的每一条，并时刻提醒自己：

　　——付出不亚于任何人的努力；

——要谦虚，不要骄傲；

——要每天反省；

——活着，就要感谢；

——积善行，思利他；

——忘却感性的烦恼。

她一边用稻盛哲学带领企业往前走，一边继续学习深造。

在盛和塾这个平台上，聂艳华遇到了许多前行路上的同行者，也正是在这里，她认识了北京世纪长河科技集团董事长郭美玲。虽然所处的行业不同，但二人却有着相似的创业经历，经历过相似的经营坎坷。聂艳华感觉觅得了知音。聂艳华几次到她的企业参学，在一些微小的细节里，她感受到郭美玲公司员工心里的那份幸福和满足，也看到了他们身上的力量。当聂艳华看到郭美玲公司的墙上张贴着"为一切大众健康服务"的使命时，不禁有些感动。聂艳华再一次看到一个找到事业使命的公司所迸发出来的巨大力量。她在心里暗暗想，原来一个公司找到了使命，便找到了活力，便找到了发展下去的目标。那我的使命是什么呢？我们"华兴"做事业的目的和意义又是什么呢？

聂艳华的思绪被一种力量牵引着，回到了几十年前。那一年，聂艳华刚过三十岁，主动从一个旱涝保收的单位请辞，带着几个人，开始经营面粉生意。第一次创业，第一次涉足商场，无论是当下还是未来，对于一个年轻女性来说都充满了挑战和不确定性。

聂艳华倔强，认死理儿。多年以来，她一直要求自己要堂堂正正做人，兢兢业业做事，进好"货"，卖好"粮"，不能让人戳脊梁骨。对自己的客户，不失良心和品质，宁可不卖货也不在质量上有半点儿含糊；对供货厂家，不欠信用和账款，宁可自己去拆借，也从来不拖欠厂家的货款。就这样，聂艳华的生意越做越好。2000年，她要扩大经销规模，于是到外省去考察面粉加工市场，打算再代理几个新牌子。

在寻找货源的时候，聂艳华意外发现了面粉行业的一个秘密，或者叫奇怪现象。那天，她一进到某面粉厂的加工车间，就被一种刺鼻的怪味吸引，她当时感到非常奇怪。从小她就熟悉小麦面粉散发出来的味道，按理说，在这种场合无论如何也不应该有这么难闻的味道啊！出于好奇，她循着味道很快在墙角发现了一个塑料丝袋里装着的白色粉末，刺鼻的味道就是那袋东西散发出来的。直觉告诉她，那就是一袋儿俗称"六六粉"的东西，她随即就很不客气地问厂家的陪同人员："呀，你们车

间咋有六六粉的味道？你们管理怎么这么混乱，这要是造成面粉污染怎么办？"陪同人员看了看她，很平静也很"专业"地告诉她，那不是六六粉，而是用来给面粉增白的增白剂。聂艳华仍然觉得心里不踏实——以前从没见识过增白剂，还以为是香喷喷的东西呢。往食品里加这东西对人能有啥好处啊？

开饭的时间到了，聂艳华发现餐桌上的馒头都有些发黄。

"噢！原来他们用的增白剂是变质的，怪不得味道那么刺鼻！"于是，她就一口也不敢吃。老板得知她的顾虑后，当即哈哈大笑："你放心吃吧，我这里的面粉什么也不添加的，都是最天然的。外面那些加了增白剂的面粉，都是要发到你们东北的。"

聂艳华这才恍然大悟，她压抑不住内心的气愤："你们不吃，凭啥卖给我们呀？为啥都发我们东北去了？这增白剂对身体能好吗？"

对方很不屑地说："你们东北的市场就要这样的，听说你们的市场，只认这增白的面粉，不白的面粉你们也不要啊。"

随后，聂艳华又连续走了几十家面粉厂，果然和那位老板说的一样，一些面粉厂的车间里竟然摆放了十多种添加剂，增白的，增筋的，只有想不到的，没有他们做不到的。加工厂家根据进货人的需要，在加工过程中把各种各样的添加剂添加到面粉里，以达到想要的卖相。

增白剂的气味实在是太令人担忧了，它会不会对人体造成伤害呢？聂艳华特意查了大量关于添加剂的资料，算是搞清楚了面粉增白剂到底是什么东西。面粉增白剂的主要成分叫过氧化苯甲酰，简称BPO，白色或淡黄色粉末，这是指纯净的制剂，也有一些不法添加剂厂商，为降低成本，用滑石粉做稀释剂生产过氧化苯甲酰，甚至用甲醛次硫酸氢钠（俗称吊白块）来代替过氧化苯甲酰添加到面粉中，那成分就更加复杂啦。关于本品，化学专业的解释是：对上呼吸道有刺激性；对皮肤有强烈的刺激及致敏作用；进入眼内可造成损害。业内权威专家，比如深圳海川食品研究所所长刘梅森博士指出，长期食用含有超量增白剂的面粉，会造成苯慢性中毒，引起神经衰弱、头晕乏力等。中国国内面粉龙头企业、中国粮食行业协会、国家粮食局等机构、企业的专家们也一致认为，过氧化苯甲酰虽然改变了面粉外观，使其变得白亮，却破坏了面粉中叶酸等微量营养素，增加人的肝脏负担，并可能致癌。

作为一个面粉经销商，聂艳华心里涌上一丝悲凉。她无力改变大局，但从那一刻起，聂艳华暗暗下了决心：坚决为老百

姓把好口粮关，决不卖增白剂超标的面粉。"宁可不挣钱，也不卖增白剂超标的面粉，消费者不明真相，我们不能揣着明白装糊涂。"

在随后的几天里，她开始寻找新的合作单位，她要做一款没有增白剂的面粉。因为当时东北市场增白剂面粉横行，人们对好面粉的认知还停留在"白"上，她的"黄"面粉市场用量一定比较小，所以聂艳华并不敢下太多的订单。因此，走了几家公司都不愿意与她合作。

经过精挑细选，聂艳华终于与坤华面粉厂达成协议，推出长春市第一款没有任何添加剂的面粉——坤华牌麦香粉。

除此之外，回到长春的聂艳华还实施了拒绝任何添加剂超标的面粉的原则。为此，她马上和各家供货单位重新签订合同，要求对方所供面粉，增白剂必须符合国家标准，如果增白剂超标，一切后果，由供货方全部承担。聂艳华的决心并非一时兴起，签订完合同，她马上又找到长春市产品质量监督检验院，要求对她购进的每一车皮面粉进行检验。当聂艳华询问工作人员检验价格时，工作人员并未在意她，只是很平淡地回答："检验一次 270 元。"聂艳华在心里估算了一下，她每个月大约要购进十火车皮的面粉，每车皮面粉抽检一次的话，一个月的检验费用是 2700 元钱，她需要多卖一车皮（60 吨）面粉，也就是 2700 多袋，才能卖出这个月的检验费用来。

"我每个月都要来检验十车皮的面粉，你们能不能给我便宜点呢？"聂艳华希望工作人员能给她打打折，减轻点儿她的负担。

"检那么多次？你是什么单位啊？"工作人员对她的行为充满了好奇。

"我就是普通经销粮油的，我们公司是华兴粮油公司……"聂艳华把她在外省看到的情况仔仔细细和对方说了一遍，并把自己的决心和想法也告诉了对方。

原本坐在她对面的工作人员一下子站了起来，拉了一把椅子，邀请聂艳华坐下来。"我们太需要你这样的粮油经销商了，只有你们经销商不经营超标的粮油，我们的粮油市场才会更好，百姓的粮油才会更安全。我马上协调此事，以后你要检验面粉，随时可以来，我们全部给你免费检验……"后来，聂艳华才知道，这个工作人员竟然是检验院的院长，但聂艳华一直也不知道他的名字，只知道他姓李。

虽然聂艳华为了保障市场上面粉的食用安全费尽心机，但"坤华牌麦香粉"在长春的销量并不好，人们还是喜欢"白"面粉，对有些发黄的"坤华牌麦香粉"并不感兴趣，而"坤华牌麦香粉"又比普通面粉每斤贵一角钱，市场销售就更不好了。聂艳华希望通过自己的面粉，让大家知道，过白的面粉并不好，里边增放了增白剂，可是大家并不相信她，以为她是为了卖自己的"黄"面，才编造出这样的"故事"。 为了让大家明白，聂艳华在《城市晚报》的"便民服务"中做了几期广告，告诉大家如何识别好面粉。她怎么也没想到，这次广告给她带来了一场灾难。

聂艳华的广告并不是什么真正的广告，而是告诉消费者什么样的面粉是可靠的，面粉不是越白越好，相当于给消费者普及一下识别真伪的知识。但这无疑是告诉大家，当下市场上的"白"面粉都是经过人工增白的，这一棒子打下去，很多面粉经销商都感到了疼痛。

一天，聂艳华的员工正在摆货，突然冲进来质量监督部门的工作人员，说接到举报，聂艳华家的面粉有严重的质量问题，要带样品回去检查，在检查结果出来之前，必须暂停销售。随后，就是一群新闻媒体的记者拍照和摄录，聂艳华一下成了"明星"一样，不断有记者采访她。

"请问，您的面粉是从哪里进的？"

"这批问题面粉每天的销量是多少，总量有多少？"

"您的问题面粉都销往哪里？您会马上通知各大超市下架您的面粉吗？"

虽然质量监督局的检验结果需要几天后才出来，但此时，聂艳华的面粉好像已经被判了死刑，俨然已经是"问题"面粉了。

被责令暂停销售，对聂艳华是极大的打击，直接影响到店面的形象以及与各大超市的合作。如果再加上媒体的曝光，更是雪上加霜。让聂艳华百思不得其解的是，平时一遇食品质检部门突击检查，所有的店铺都关门，只有自己一家敢开张。而今天，所有的店铺都没问题，偏偏就自己被查封。她不明白，为什么自己凭良心做事，凭良心卖好面，却收到如此结果？

她立刻找到质量监督部门，要求尽快给出一个检验结果。而就在她忙着和质量监督部门交涉时，公司传来消息，几家媒体将在当晚播出聂艳华面粉经销处被查一事。此事非同小可，一旦播出，即使没有报道最终结果，消费者也会认为聂艳华的面粉有问题，以后，凡是聂艳华经销的面粉，无论什么品牌，都将受到市场的抵制，聂艳华苦苦经营的生意将毁于一旦。

聂艳华已顾不上过多地伤感和气愤，马上赶到几家媒体单

位说明情况，并通过朋友关系，协调各媒体暂缓对该消息的发布。几经周折，各媒体同意了她的请求，等检验结果出来后，再做详细报道。

几天后，质量监督部门的化验结果出来了，聂艳华的面粉并没有任何质量问题。如果当时不采取一些措施，不可挽回的损失便成定局。后来，聂艳华通过熟人打听到，这一场风波竟然是同行们一手策划的。

如今，"坤华牌麦香粉"还摆在欧亚超市和远方超市的销售柜台进行销售。比起 2000 年，现在人们的消费理念更理性、更科学了，再也不用她登广告搞"科普"了。

聂艳华回想着自己一路走来，虽然不知道经营企业要有使命，也没有想过为什么要来做这个企业，但是在她的心灵深处，一直有那么一股力量，这股子力量，告诉她，什么是正确的，什么是不正确的，她的经营之路该往哪里走。

第四章

使命

　　"华兴"在粮食市场走过二十年，曾经打下的市场、昔日获得的经验都成为"华兴"最大的财富。然而，积累和经验虽然宝贵，也容易成为遮蔽前方道路的障碍。"华兴"创业时，大家的目标非常简单而明确——打开市场，活下来。如今，"华兴"确实活了，活得还不错，曾经的创业者成了中层和高管，曾经渴望的温饱，随着大时代的到来和"华兴"的兴旺，日子也都越过越好。接下来，"华兴"员工的目标是什么？还有什么力量可以把"华兴"的凝聚力重新激发出来呢？在一次学习分享会上，陈延峰的话点醒了聂艳华。

　　"我在'华兴'已经干了十四年，我的个人能力不强，就是比较肯干，交给我的活儿，我就是要干好。所以，这些年，虽然我很努力，但这份努力，多是满足于物质层面的。也就是说，我干好活儿，然后拿到应得的工资，这也就很公平了。最近，我读了一些书，特别是《活法》一系列，我才知道，人活着，其实更多的是在追求精神富足。我是个普通人，普通得不能再普通了，作为我这样的普通人，在这个社会，也是要活得有价值的。那怎么能体现自己的价值呢？我们的价值在哪里呢？"陈延峰的话说得很慢，好像是边思考边说，也好像是在心里转了几个圈，打了几个滚才说出来的，非常诚恳。百辩不如一诚，这些话字字句句都落在聂艳华心上。原来，不光聂艳华需要找到使命，每一个员工都需要找到使命。人到中年，已经不能迷迷糊糊地干了，他们每一个人都需要明明白白地活着。

　　生命就像花朵一样，只有绽放着自己本来的特质才美，才有属于自己的芬芳。造作地洒上香水，不但破坏了原有的自然，而且还否定了自己独一无二的可贵品质。一位禅师曾提醒世人："切忌从他觅，迢迢与我疏。"这一次分享会让聂艳华明白了，寻找使命不是聂艳华自己的事儿，更不是她到处学习可以学来的，它是全体员工的事儿。全体员工的目标，才应该是"华兴"

的目标；全体员工的使命，才应该是"华兴"的使命。于是，聂艳华把向外寻求，改为向内寻找。细想想，其实"华兴"一直都有着自己的企业文化，只是大家没有把它归纳、提炼出来。这么多年支撑"华兴"不断前进的力量从何而来？不就是从"华兴"人兢兢业业、踏踏实实不卖一粒陈粮，不做一件愧对良心的事中来吗？不就是从"华兴"人多年来聚精会神、孜孜不倦的工作状态中来的吗？这难道不是"华兴"的文化吗？聂艳华突然顿悟了，一个企业的使命，一个企业家的愿景，不是四处借鉴，更不是生搬硬套，而是企业经年累月所内生的一种力量、一个方向。聂艳华高兴极了，好像有一条小鱼在她的心里优哉游哉不停地吐着泡泡。这些小泡泡就是一个个欢喜，从心底涌到她的脸上，无法遮掩，也无须遮掩。

聂艳华把寻找使命的工作，交给了全体员工，每一个员工心里的每一个想法、每一个愿望对"华兴"都是重要的，都影响着"华兴"未来的走向。

2015年5月5日，"稻盛和夫经营哲学报告会"将在上海举办。报告会上，不仅会有十多位中国企业家分享自己以利他之心经营企业的心路历程，更会有稻盛老人亲临现场。

聂艳华得到消息后，便带着爱人、儿子和公司的高管一行

◎ 受稻盛和夫老先生影响，聂艳华以敬畏之心种稻卖米　刘宁夫 摄

十一人，一起参加了这次报告会。

　　这次报告会，让聂艳华的内心再次受到了极大的震撼。在中国，原来有那么多有情怀、有社会责任感的企业家们在努力、在奋斗。她突然感到一股暖流从全身漫过，她从未有过这样的感受，她再也不感到孤单和无助，再也不感到前路艰难，她甚至浑身充满了能量，因为她找到了榜样，找到了希望。

　　湖南大三湘茶油股份有限公司董事长周新平分享《大三湘茶油花开的梦想》时，聂艳华几乎是流着眼泪听完的。周新平说，大三湘的梦想就是让乡亲们过上有尊严的生活，让油茶花开遍三湘大地，让留守儿童像城里孩子一样，快乐成长。这样的愿望与聂艳华心之所向何其相似。这些年来，"华兴"所追求的不也正是让百姓吃上更营养、更健康的粮食吗？"华兴"的目标不也是让百姓更健康长寿吗？而这些年来，"华兴"所奉行的价值观也与周新平无比的契合：孝悌、厚德、诚信、利他。

　　周新平的经历，给了聂艳华很大的启示，她有着与周新平相似的境遇啊，他们都是做粮油生意的，他们都是在为人类入口的食品把关啊。周新平做油，她聂艳华可以做更好更安全的面与米。聂艳华越想越激动，报告会结束后，她立刻订了火车票连夜赶往大三湘茶油的北京办事处。

　　早上 6 点，北京站到了。大三湘茶油北京办事处的负责人已经在车站等候她了。对方请聂艳华吃了早餐，其间，对方一直在讲解自己的油有多么好，多么有利于人的健康。早饭结束的时候，聂艳华非常坦诚地告诉对方："其实，我不懂茶油。我对茶油的兴趣也并不大。我只是被周新平董事长的梦想感动了。我特地赶到北京，不是为了买油，我就是单纯地想来加入会员，算是用行动支持周董的梦想吧。"聂艳华办理完会员，便坐着火车赶回长春。一路上，她不断地思考，如何能自己掌握所销售的米、面、油的质量。以现在做经销商的方式很难做到对质量的绝对把控，只能是厂家加工什么，她销售什么。如果"华兴"不掌控生产端，那么保证质量永远是不切实际的空谈。那员工们总结出什么样的使命、愿景也只是口头上说说，并不能贯彻于行动。如果说与行不能一致，知与行不能一致，这又是违背"华兴"价值观的，这样的使命和愿景便毫无意义。

　　火车上，聂艳华的头脑里不断闪现这一段时间以来，她所遇到的、见到的人。这些受人尊重、给人力量的人无一不是知行合一，为自己的使命而不断努力奋斗着。那位七十多岁仍然精神矍铄的曹岫云老师，为了让中国更多的企业家在精神上不再迷茫，在经营上更有章法，他不辞辛劳全国各地地"飞"。那个愿意用自己毕生精力去点燃更多人心中善念的李显峰老师、她的知音郭美玲、她最敬佩的周新平……聂艳华很渴望成为像他们那样有价值的人，让"华兴"不仅是员工可以糊口的饭碗，更应是员工生命成长的一个园地。

回长春以后，聂艳华和另外三位塾友开始着手筹备发起长春盛和塾的事情。她把自己的一处房产腾出来，作为长春盛和塾的办公和活动地点，义和其他三位长春的塾友共同发起每人拿出一些现金作为盛和塾日常的经费。开办之前，她们特意邀请了李显峰老师来讲第一堂课——《商业因果》。

这一课，对聂艳华的启发极大，从前，她只知道创办企业首先要知道办企业的目的和意义是什么。而李显峰老师的课让她真正明白了，一切事物都有因果。你之前栽了花，慢慢地就会有花朵盛开；你之前种了果树，慢慢地，果树就会结果。而最后结的是什么果，要看你种下的是什么树。种了葡萄树，自然结葡萄，种了山楂树，自然结山楂。如果你种下的是苦涩的树，结出的果子自然只能是苦与涩。商业规律也遵循着这样的大道，欺诈是恶因，必得恶果，诚信为善因，种善因得善果。聂艳华正从人生的迷茫中，一步步走出来，渐渐看清了自己的路。而带她走出这迷途的，正是眼前这位李显峰老师。聂艳华对李显峰产生了信任甚至是依赖，她希望李显峰用他的智慧帮助"华兴"渡过难关，走上一条新的道路。

课后，聂艳华把自己最近的困惑一股脑儿全都告诉了李显峰，并向他求一剂改变现状的良方。然而，李显峰并没有告诉聂艳华答案，更没有给她开一剂良方，他沉思了一会儿说："他度不如自度。过几天，我在广东有一堂《总裁悟道》的课，或许会对你有启发，你来听听？"

聂艳华没有得到正面回答，有些失望。她心想："我哪里能听什么总裁悟道啊，我眼下最棘手的问题是给'华兴'找出路，这才是一个董事长的责任，现在哪有精力和时间考虑自己悟道的事儿呢？"但碍于情面，也出于急着找答案，聂艳华还是决定去听听广东的课程，或许对她真的有帮助。聂艳华简单收拾了行李，随即便飞往广东。

这堂《总裁悟道》并不像聂艳华想象的那样，这是一堂非常现代、非常实用的管理与心灵成长课程。每过一天，聂艳华就感觉自己成长了一大截，心里的疙瘩就解开了一大块。那个她每日冥思苦想的使命问题也渐渐清晰起来。

三天的课程很快结束，聂艳华成功梳理了自己这一生所走过的路，以及"华兴"二十年所走过的路，她不仅找到了自己的初心，也找到了"华兴"人的使命与愿景。

◎ 聂艳华与太阳谷华夏小学校长李显峰老师（左）、湖南大三湘茶油资源有限公司董事长周新平（中）在传统文化论坛留念

结业时，聂艳华在自己的笔记本上写下这样的字句：

吉林省华兴粮油食品有限公司：

使命：为员工实现物心双幸福，为百姓提供好吃放心粮品！

愿景：成为员工自豪、百姓信赖的良知企业，铸就百年"华兴"。

理念：聚一群孝子只做利他事业，为"华兴"使命而奋斗！

价值观：诚信、厚德、勤俭、利他、创新。

最后，聂艳华还写下了自己的心愿：

心甘情愿为百姓健康做好服务员。

人，如果一味索取，一味追求被关爱，自己就会愈来愈懦弱，愈来愈振作不起来。一味索取而不能付出，一味追求被爱而不能爱人，将使自己的心智退化，终将丧失醒觉的能力。关爱别人是健康人格所散发出来的能力，很多人称这种能力为"慈悲"。此时，在聂艳华的心里，正有这样的一种力量在升腾。

第五章

从原汁原味的面粉开始

"作为人，何为正确？"这是稻盛先生教给聂艳华的经营判断基准。每当聂艳华选择困难的时候，她都会将这把稻盛教给她的尺子拿出来量上一量。

聂艳华已经找到使命了，这相当于埋下了一颗小小的种子。千万别小看这颗种子，参天大树原本只是沉睡的种子，翱翔天空的苍鹰早先也只在卵中待机，世界上一切伟业最初都不过是伟人心中的一个梦而已。

"要关心百姓健康，就先从面粉开始吧。毕竟做了一辈子面粉生意了，还是有些经验的。把无添加剂的面粉做起来，再开始专心研究大米。"聂艳华觉得自己的想法已经成熟了，便再次独自踏上了去往山东、内蒙古等小麦产区的列车。

"艳华啊，你身体不好，就让同志们去吧。做了二十年的面粉了，高管们都已经成了专家了。"爱人不想让她那么辛苦，又担心她一个人出门身体吃不消，再加上她有一个不知什么时候就会晕倒的老毛病，着实让人担心。

"辉啊，咱们刚开始做，用量小，要求高，怕是厂家不好找啊。再说，这次我是带着使命重新创业，也得亲自考察老板怎样，产品怎样。这次创业，我卖的就不仅仅是面粉了！"

聂艳华话里有话。不仅仅是面粉？那面粉里还有什么呢？那便是她嘴里说的使命，便是她那颗想利他的心啊。大约，还有通过无添加剂的面粉所获得的员工物质和精神两方面的幸福感吧。这也是"华兴"存在的意义。

"董事长，我们替您去吧！我们跟了您近二十年，是您一手带出来的，肯定会叫您满意的！"几个高管心疼聂艳华，想替她"出征"，哪怕是陪着她也好啊。

"稻盛老人不是说了吗，解决问题的线索在现场，灵感的启示在现场，现场是宝山！我必须得去啊，你们把家看住了。"聂艳华决心已定，临走时，还不忘以身作则告诉员工们去现场的重要性。

大多数人认为，无添加剂的面粉是最好做的，不做添加就可以了。而事实并非如此简单。面粉加工厂的机械化程度已经很高了，大家都是批量规模生产，一切都是按对方要求，做好调配，再将数据输入电脑，生产过程全由电脑控制。各个企业也有自己的生产标准的，如果真想要一款无添加剂的面粉还真是不容易。聂艳华刚起步，用量较少，哪一个工厂愿意停下机器，专门为她生产呢？即使有厂家愿意给她做，可磨头磨尾总是难免有掺杂，纯度很难保证。

再者，如果不加添加剂，普通小麦磨出的面粉白度、筋性等指标就都不够了。所以，要提高面粉原料的质量，就必须改用优质小麦的麦芯。但若只选麦芯，面粉的产量就会很低，100 斤小麦，最多只能提取 20 斤面粉。这样，面粉的成本就大大提高了。

有些面粉厂聂艳华是比较熟悉的，她兜兜转转走了很多家老厂，又走了一些新厂。她从不直接进厂便谈，而是在工厂外转啊转，问啊问。外围都打听好了，觉得有价值才进厂谈谈。

找一个诚实守信、愿意和聂艳华一起真心合作的面粉加工厂并不容易，聂艳华足足用了一年半的时间，走遍了山东、内蒙古，去寻找一个她放心的加工厂。

　　有一趟，聂艳华到山西学习，她一想已经都到山西了，再顺路去一趟济南吧，把谈好的一家面粉加工的事儿落实一下。结果，这一次聂艳华走错了路，差一点儿走丢了。幸好，有好心的工作人员带着她找到了正确的车站。刚买完票，聂艳华发现自己的手机没有电了。没有手机，怎么与厂家取得联系呢？聂艳华急急忙忙又找到一位工作人员，和人家好好商量，才同意找了一个地方，给她充了一会儿电。

　　晚上9点，聂艳华终于与厂家接上了头。厂家的李总看到只有聂艳华一个人下车，便询问是否带了随行的人，因为大家都知道，聂艳华有容易晕倒的毛病。当得知这次出行只有她一人时，李总有些感动了。

　　"哎呀，聂姐，你这么大岁数，怎么还自己来了呢？"

　　"还是为了那个面粉的事情啊，你们说了这么久，还没有给我做出来，我着急了！"聂艳华足足坐了五个多小时的客车，感到浑身无力。

　　"好，好，聂姐，我知道了，太对不起您了。"

　　这时，李总发现聂艳华走路的姿势和从前有些不一样，借着路灯仔细一看，她的整个脚后跟都露在鞋的外边。

　　"聂姐，你这脚怎么了，是鞋子坏了吗？"李总问。

"我坐了五个半小时的车，脚肿了，穿不上鞋了。"李总深深叹了一口气，"大姐，放心吧，我回去和我们曲总好好汇报一下，尽量快点儿。"李总是面粉厂的副厂长，而他所说的曲总才是工厂的一把厂长。

第二天早上8点，聂艳华在工厂见到了曲总。曲总见到聂艳华后，深深地向她鞠躬，说："大姐，真是不好意思啊，您这么大年岁了，让您大老远又跑了一趟。我知道您为什么而来，对不住您啊！"

"曲总，您现在是国企的老总，是一把手，您可以决定到底做不做这件事。我呢，就希望咱们在这个年纪，能够做一些老百姓想要的东西。你生产，我来卖，咱们一起做这件有意义的事。咱们一起努力。等到咱们百年，要离开这个世界的时候，咱们想一想，从哪年哪月，我们开始推广这样好吃又安全的面粉，一共生产了多少，卖了多少，给多少人带来快乐和健康。这样，咱们也能笑着离开了。"

等聂艳华走了以后，有人告诉她，为了帮助聂艳华做这款面粉，曲总在车间足足待了三天，亲自研究怎么改粉路，怎样实现一款无添加剂的面粉。

为了尽快实现卖一款原汁原味的优质面粉，聂艳华同时还

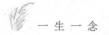

在寻找另一个合作厂家。

聂艳华来到山东元灏面粉厂时，面粉厂门口排了长长的队，都是来给元灏送小麦的。聂艳华默默跟着大队伍观察，元灏面粉厂的老板李久亮看起来很朴实，对农民也很客气，但是他们对小麦质量控制得非常严格。等卖小麦的农民走了，天色已经晚了，面粉厂的机器一直轰轰作响，从白天一直加工到傍晚。

"我想做一款没有添加剂的面粉，前提是还要白度，还要好吃。"聂艳华把自己的想法和李久亮说了一下，李久亮说他可以做到。

"那你怎么能做到？"聂艳华追问。

"第一，俺们当地就是优质的小麦产区。第二，俺们有一个专门的立桶仓，里边装的都是没有添加剂的面粉，都是用来配粉用的。一些客户专门用来做水饺粉，也不要添加剂。"李久亮的话很少，你问一句，他才答一句，但从他的言谈以及他对待农户的表现看，他是个特别踏实的人，很值得相信。

或许，这就是冥冥中的一种缘分吧。与李久亮的合作，出乎意料的顺利。"华兴"很快便与元灏面粉厂签约了。

回到长春后，聂艳华第一时间召开了高管会议。在会上，她把这一年半收集的添加剂分别装到了小塑料盒里，让大家轮流闻。每个人都闻过了以后，聂艳华说："这些都是放在面粉里的，你们想吃这样的面粉吗？"会场里没有人说话。

"你们希望自己的家人吃这样的面粉吗？"仍然没有人回答，有几个人轻轻地摇了摇头。

"那既然我们自己都不吃，自己的亲人也不吃，我们能卖给消费者吗？"聂艳华反问。

"作为人，何为正确？这是咱们公司经营准则，我们每干一件事儿，都得问问：这件事儿对吗？如果对，我们就去做，多难都做。如果不对，我们就放弃，多挣钱都不做。咱们是干粮食的，咱们干的事儿是大事啊。病从口入啊，我们得把好这个入口关，让更多的人吃健康的东西。"聂艳华说得激动。

"我在山东考察这个厂家，他们愿意为我们做没有添加剂的面粉，我已经和他们签订了生产订单。因为成本高，所以销售价格也要稍稍高一些。很快这一批包装就会出来的，包装出来，咱们就上市。"聂艳华接着说。

一些老员工开始讨论，讨论声越来越大。有人提出了反对意见："咱们现在销售的都是品牌面粉，虽然利润低，但是市场认啊。一旦上了新品牌，市场很难认。"

"是啊，定价如果再高一些，怕是卖不动啊。"

"对啊，现在市场，还是认价钱。"

"如果是大牌子，贵一点儿也是可以的，但咱们刚刚进入市场，我看太难了。"

大家说的都有道理，而且都是市场上的实际困难。聂艳华已经铁了心了。她就认一个理儿，对的事，再难也要去做。

大家你一句我一句便到了中午。聂艳华早已安排了厨房，用她新带回来的麦芯面，做了一锅香喷喷的花卷。

"这个特别有面味儿！"

"这个面粉很好吃啊！"

大家亲自品尝了面粉后，稍稍有了一些信心，但这款面粉是否真的能得到消费者的认可，仍然是个未知数。临走时，聂艳华给每人都发了一袋面粉，让大家带回去给家人尝尝。

一切都在紧锣密鼓地进行着，设计公司也做了几款包装，面粉的名字也起了一箩筐，都没有通过。

聂艳华想做好这一款无添加剂的面粉的愿望十分强烈，这种强烈程度，促使她睡也想、醒也想，一天24小时不断地思考，透彻地思考。她的全身，从头到脚底，都被这种愿望鼓动着、燃烧着。如果那时，在她身上的某一处划一个小口子，流出来的一定不是血，而是这种"愿望"。

一天清晨，聂艳华睡得很香，一道清亮亮的阳光，透过窗子照在她的身上。爱人早已醒了，怕吵醒她，正静悄悄地准备着早饭。给她补充维生素的果汁榨好了，用她心心念念的面粉做的小花卷也热好了，又配了几道简单的小菜。聂艳华醒来，看着爱人那温暖的背影，突然就有了一个灵感。这灵感让她不禁一个激灵。

"我为什么要做无添加剂的面粉？面粉一般都在哪里吃？除了健康，我还想表达、传递什么？"这个早晨，爱人的一道背影和从窗外透进来的阳光，给了她最好的答案。

面粉，是在家里吃的，是给所爱的人吃的。就在这复杂的和面、发面、做面、蒸面的过程中，在爱人一下一下费力揉面的过程中，有多少爱与期待裹藏其中啊。想到这里，聂艳华的眼睛便腾起了一团热气，在热腾腾的热气后，是一个年轻的女人幸福的笑脸，她在等待爱人回家。转而，年轻的女人不见了，热腾腾的热气后，变成了一张慈祥而年迈的脸，那是一个母亲的脸。

"我有个想法，你看怎么样？"

"说来听听。"爱人放下筷子，认真地看着聂艳华。

"还记得在 2004 年的时候，我注册了一个商标名字'三耳马'，用咱们俩的姓注册的。当时，只是觉得我要做一辈子面

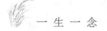

粉，用自己的姓注册，算是留个纪念。今天，我突然想到这个名字，很有意义。我的新品牌，就叫这个！"

聂艳华以自己和爱人的姓为面粉命名，其实还有更深层的意义。这是她的使命，她一生的追求，她愿意以自己的一切为其担保，担保它的质量，担保它的前途。

比起2000年的"坤华牌麦香粉"，"三耳马"的推出似乎顺利得多。2015年，中国人的消费已经越来越理性，且越来越追求健康，很多人在有意识地寻找这种无添加剂面粉。聂艳华在面粉行业的口碑一直很好，再加上"三耳马"面粉的自然白度、口感、麦香，很快得到市场的认可。从2015年9月份上市至今一直销售很好。长春市很多幼儿园指定要求购买"三耳马"面粉，甚至一些家长也跟着购买，不仅自己吃，还送给亲朋好友。

为了保证"三耳马"的品质和安全，聂艳华和生产工厂签订了合同，一旦"三耳马"被检测出有任何添加剂，对方将十倍赔付，并追究其法律责任。

追责并不是聂艳华最终目的，她的目的是要把天然的面粉、健康的面粉送进市场，送到消费者手中。人们多吃一口"三耳马"，就少吃一口添加剂，慢慢地，消费者认识到面粉还是原汁原味的好，就会渐渐形成良币驱逐劣币的氛围。

◎ "三耳马"面粉成为幼儿园首选

第六章

一封令人忐忑的来信

　　转眼，"三耳马"面粉的销售已经走上正轨。长春盛和塾也已经落地生根，前前后后有两百多位企业负责人入塾。稻盛和夫的经营理念也不断在"华兴"渗透、发酵。

　　不到两年时间，"华兴"的所有高管都不止一次接受过稻盛和夫的经营理念的专业培训，所有员工都读过《活法》《干法》《六项精进》等书籍。为了让大家有更好的学习氛围，"华兴"还办起了夜校，安排中层集中学习，然后再向下扩展到每一名普通员工。在"华兴"，不仅办公室里的内勤人员每早要在上班前的早课上学习、诵读、交流《活法》，就连工厂里识字不多的装卸工，也在中午或者晚间休息时，分成小组学习《活法》。

一个人怎样才算成功？关于这个问题，"华兴"人的答案也出奇地一致——追求做人的正确的准则。所谓"追求做人的正确的准则"，就是正直、勤奋、谦虚、坚强、节制、自利利他等等。追求做人的正确的准则，就是成功的理由和前因，这是何其简单的检验标准啊。可是如果想时时事事做到，又是不易的，需要时刻提醒自己，也需要彼此鼓励、督促。

是的，人只有坚持正确的路，才会真正看清自己，接纳自己，不被物欲所牵，不被表象所迷，从而获得真正的自由，心灵的自由，绽放生命之华。人，也只有能肯定自己时才有喜悦，才有微笑，才有价值的实现，才有圆满的人生。反之，如果每天祈求别人的肯定与赞美，靠别人的肯定而活，贪婪地追求财富和名利，自己也会变成物欲的奴隶。即使看起来有钱有闲，像是很自由，实则内心已经被一切外力所绑架，失去了自由。聂艳华不希望"华兴"人被绑架，她希望每一个"华兴"人都是快乐的、自由的。

稻盛和夫的经营理念之所以在"华兴"落地如此之迅速，这与"华兴"从前的文化积淀是不可分割的。

对于聂艳华来说，"华兴"不仅是来上班挣钱的地方，它

◎ 长春盛和塾授予"华兴""标杆企业"称号

更是一所学校，只要进入"华兴"，"华兴"就有义务让他的人生更好、更幸福。要通过各种方式，提升员工的心性，磨炼他们的意志。早在引进"稻盛"之前，聂艳华便引领全体员工学习了中国传统文化。"华兴"的所有员工，基本都能背诵《弟子规》。除了诵读，最重要的还是践行。

聂艳华走过大半生，无论做人还是做事，她感触最深的便是一个"诚"字，这个"诚"不仅是对他人，也要对自己的内心。想要做好一个"诚"字，便要放下小我，有利他之心。关于这一点，拉康结构主义心理学这样解释：每个人都是认识的主体，那么每个人在与人交流时，总是先就对方加以想象。这时，便产生了主观印象。这个想象可能是好感，也可能是厌恶。总之，这想象不是真实的，所以他可能给人带来恐惧和偏见，也可能带来大意和疏忽。接着，我们就会想象自己的立场。它对我是否有利？我安全吗？别人对我的看法如何？我会吃亏吗？当人想到这些，头脑里马上就会描绘出一幅欲望图、理想图。这时，心里便有了得失、有了计较，有了强烈的追逐和逃避的动机。接着，我们才会开始打开自己所有的认知器官去认识对方，了解对方，但是经过前两轮的认识、筛选，此时的认识已经被先入为主，被扭曲了。这时候两人的感情交流不会是会心的心灵触碰，人与人是疏离的。而人与人的交流不仅是语言上的，更需要的是心与心的坦诚交会。这就需要人放下小我、成见、猜测、预判，简简单单，一"诚"了然。这也是人们常说的"无所住而生其心"。

关于"华兴"耗时间、耗金钱带大家学习，起初并不是所有人都能理解，有人觉得这是一种极大的浪费。不如用这些时间多卖货，多挣钱。特别是聂艳华派员工出去学那些关于家庭幸福或者是家庭教育的课程，大家就更不理解了。员工的家庭是否幸福和公司的盈利与发展有什么关系，一些员工对这样的课程并不感兴趣，甚至借口有事而拒绝参加培训。有一次，聂艳华送六名员工去学习一个叫"家庭教育"的课程，从课程的名称判断，该课程和一个员工怎样工作、怎样为企业创造更多的价值毫无关系。学习归来后，依照"华兴"的惯例，公司举办了分享会。一名员工说："从前，听大家说聂总花了上百万给我们员工培训，我特别不理解。有那上百万，给我们分钱就好了，我们会更高兴的。挣钱越多，我们越有干劲儿呢！我通过这次出去学习才明白，我们的头脑是需要武装的。武装后的头脑，好像突然就开窍了，不会那么糊涂地活着了。"

一位刚刚结婚两年的年轻员工分享时说，最近她总是和爱人吵架，即使不吵架，也会在心里互相抱怨。很多次，她想改变这样的现状，可是总是徒劳无功。这次学习，她找到了她与爱人之间不和睦的根源。原来，她总把爱人想象成白马王子，总是期待着对方事业有成又温柔体贴。一旦对方没有达到自己想象中的样子，她便产生了不满，不自觉地开始挑剔。爱人也一样，总是把她想象成千古贤妻良母的典范，而她仅仅是一个普通得不能再普通的女人，一个刚刚学着做妻子的女人，根本无法达到爱人想象的标准。于是两个人在交流时便有了障碍。通过学习，她终于明白了，这些虚幻的渴望是多么不切实际，婚姻本来就应该是互相接纳、包容、鼓励、支持和爱护，在平平淡淡中不断完善自己。她认认真真做了笔记，并分享给了自己的爱人。

六名员工分别做了分享，有的人一边分享一边掉眼泪，非常感动。随后的日子里，这六名员工的自身改变，大家有目共睹。

在这样的基础之上，"稻盛"作为更接近企业经营的管理和哲学文化，一走进"华兴"，便完全没有任何水土不服的反应，相反，它如同为"华兴"文化定制的一般。

在推行"稻盛"文化上，聂艳华也是下了一番苦功，除了送员工出去学和请老师进企业讲之外，她还亲自关注着每一个员工的变化。

有一段时间，她发现一个叫王云凤的年轻人，性格大大咧咧，在工作中常常出错，而面对自己的错误，她常常一笑，说："嘻嘻，太忙了，又出错了。"

"这么年轻的孩子，如果不及时改掉这个大大咧咧的毛病，怕是可惜了。"聂艳华这样想着，便把一项工作安排给了她。

"云凤，《干法》这本书，我一直想好好看看，但是我现在年纪大了，眼睛也不好，你能每天给我读一段吗？"

"好啊，董事长，我每天都给您读。"王云凤很高兴的样子，她并不知道，聂艳华心里有着另一番打算。

有一天，王云凤读到了应该如何认真面对工作时，聂艳华像妈妈一样，给王云凤做了有针对性的点评与解读。王云凤沉默了，这一刻，她才明白，原来聂艳华费了这么大的周折，只是想改掉她的一个坏毛病。之后，王云凤的变化让同事们惊叹。大家更加坚信，稻盛经营哲学是要真信、真学、真干，然后，一定会"真有结果"的。

销售门店里，"华兴"的销售员们摒弃了各种社会培训班的那套销售话术和销售技巧。董事长聂艳华告诉他们，销售其实很简单，就一个字——"诚"。要把消费者当成亲人一样，你对亲人说什么，就对消费者说什么，你想把什么样的东西给亲人，就把什么样的产品介绍给消费者。如果消费者有了麻烦，更要向对待亲人一样，帮助他们处理。

"华兴"还设有一个特别的通道，我们暂且可以叫它作"忏悔之路"或者"反省之路"。就是每个人在当天遇到想不开的事，或者是需要反省的事，都可以在专门的会议上说出来，一些腼腆的不善于表达的员工，还可以通过微信或短信，直接和董事长沟通。凡此类与磨炼心志、提升心性有关的信息，董事长都会优先且认真地回复。

有一天，聂艳华收到了销售员刘淑丽的一条微信：

> 董事长，您好！我是销售员刘淑丽。从"华兴"在欧亚西安店建店以来，我便在这里做销售，已经干了八年了。按照您对我们的要求，我和顾客们相处得都非常好，的的确确像亲人一样。所以，她们都很信任我，每次来店里购买粮食，我推荐什么，她们就买什么。

> 董事长，有一件事儿，我心里一直很难过。顾客来买米，我一定得说咱们家销售的那款"五福"五常大米很好，可是我心里知道，这个"五福"米退货率很高。虽然厂家态度很好，只要退货就给调换，可是，这样一款吃不住的大米，顾客回家一吃，发现米不好，

他们一定会觉得是我欺骗了他们。

　　董事长，我很内疚，很惭愧，我甚至感到恐惧，我该怎么办呢？

　　聂艳华读完这条微信后，久久不能平静。聂艳华与这家供货企业已经合作了五年之久，确实听相关负责的部门反映过有退货现象，但是供货企业态度总是特别好，调、换、退都可以。聂艳华竟被这好态度"迷惑"了，忽略了货品本身的质量问题。

　　"我的员工多么可爱，多么善良啊！我怎么能让我的员工受到这样心灵上的谴责呢？这太不应该了！"聂艳华此刻内疚极了。她十分诚恳地给刘淑丽回了一条微信：

　　淑丽，你能给我发这条微信，我特别高兴，也为你的行为感到自豪。同时，我也感到很愧疚。作为董事长，我怎么能让我的员工受到这样的心灵谴责呢！

　　放心吧！淑丽，"华兴"不会再让任何员工忐忑的，我们"华兴"人卖出去的每一粒粮食都要是健康的、营养的、安全的。

◎2017年，"华兴"安明星副总经理（右二）带领刘淑丽（中）等多名老员工前往柳河　赵树根　摄

聂艳华早早就想在大米方面做一个自有品牌了，自己的品牌，自己可以掌控它的品质。等到聂艳华退休了，员工们可以继续做，还可以以此谋生。

今天，接到这样一条短信，聂艳华意识到，大米的自有品牌要马上做了。她不能让自己的员工，因为把控不了产品品质而担惊受怕。

聂艳华想创立一个大米的自有品牌的初衷很简单，就是想让她的员工，在卖出去米以后，心里是安定的，最好是幸福和自豪的。

她还并不知道，要达到这样的简单的目的，应该怎么操作。她对大米一窍不通！她是自己组织农民种地呢？还是和农民合作订单生产呢？还是干脆找个米厂合作呢？

聂艳华的心里一片迷茫！只有一颗小小的种子，在没人知道的地方，暗自生长：

——要让卖米的员工心安。

聂艳华预料到前方一定困难重重，她在心里暗暗告诉自己，稻盛先生在经营过程中遇到的困难不是更多吗？

20 世纪 70 年代的石油危机，让多少有实力的大企业倒闭，但是稻盛挺过来了；80 年代他又遭遇了日元升值危机，依然平稳度过；90 年代泡沫经济危机来了，稻盛已经身经百战了，同样化险为夷；新世纪的 IT 泡沫，以及 2008 年的金融危机，对于企业来说，哪一个不是灭顶之灾，但是稻盛不仅带领公司挺了过来，还获得了持续快速发展。稻盛依靠的就是他的经营哲学，或者换句话说，稻盛经营哲学就是在这样重重灾难与困惑中产生并不断完善的。

现在"华兴"正在接受这种理论的熏陶和浸润，这不也正是考验"华兴"的最好的时刻吗？稻盛老人接受政府邀请出任破产重建的日航会长时，已经七十八岁高龄，而她聂艳华才刚刚迈入五十岁的门槛，又怕什么呢？再想想，对比自己二十多年前刚创业时，现在的条件不知要好过多少倍呢！至少经验丰富了，资金也雄厚了，自己对市场的把控以及市场对自己的认可都是最宝贵的资本。

新的面粉品牌刚刚上市，"华兴"上下正忙得不亦乐乎，大家还没有从克服一切困难上新品的兴奋劲儿里走出来。聂艳华不想打扰任何人，况且，现在她的心里对大米如何做，还没有一点儿"谱"。

聂艳华给自己定了位，要做一个探路者。于是，她没有把自己的计划告诉任何人，只带了一名司机，便开始了寻米之路。

第七章
寻找天赐之土

北纬 41° 至 46° 之间、东经 122° 至 131°，是一片面积为 18.74 万平方千米的神奇土地，一个多世纪以来，人们喜欢称这片地域为吉林大地。举世闻名的"黄金玉米带"自东北向西南，世界公认的"黄金水稻带"自西向东，刚好在这片土地上交叉重合，世界上仅有的三大产粮黑土带以这里为核心向外延展。域内土壤丰厚、肥沃，黑土、黑钙土、草甸土、暗棕壤、棕壤、白浆土、沼泽土……就像一部史诗中并列、交响的章节，深情地叙述着这片土地的独特和神奇。

聂艳华开始了她的寻找之旅，她该往哪里去呢？

　　此时的聂艳华正坐着轿车在这片广袤而神奇的土地上奔驰，她要找一块更为适合的土地，播散她的水稻种子，播撒她那个关于大米梦想的种子。

　　她的第一站便是吉林市万昌镇。

　　从前，这里并不叫吉林市，而叫"江城"，是一个古代皇帝御赐的名字。史载，康熙二十一年（1682）春末夏初，"清朝圣祖皇帝"玄烨巡视吉林。年轻的皇帝置身于"龙兴"故土，举目四望——东有龙潭山如青龙迤逦而卧，西有小白山似猛虎眈眈盘踞，南有朱雀山钟灵毓秀，北有北山、玄天岭郁郁苍苍；而脚下船舰所浮之水，正是闻名古今浩浩荡荡的松花江，遂心潮澎湃，诗兴大发，即兴作《松花江放船歌》一首：

　　　　松花江，江水清，
　　　　夜来雨过春涛生，
　　　　浪花叠锦绣毂明。

　　　　采帆画鹢随风轻，
　　　　箫韶小奏中流鸣，
　　　　苍岩翠壁两岸横。

浮云耀日何晶晶？
乘流直下蛟龙惊，
连樯接舰屯江城。

貔貅健甲毕锐精，
旌旄映水翻朱缨，
我来问俗非观兵。

松花江，江水清，
浩浩瀚瀚冲波行，
云霞万里开澄泓。

因诗中有"连樯接舰屯江城"之句，因此，"江城"之名流传甚广并久为沿袭。吉林地方人士皆以"江城"之名为傲。

聂艳华为何把这里作为寻找优质大米的第一站呢？

这还要从著名的"打牲乌拉总管衙门"说起。

从前，这里是著名的"打牲乌拉总管衙门"所在地。出吉林市区北行 30 千米，即到龙潭区乌拉街满族镇。据《吉林通志》记载：乌拉古城"远迎长白，近绕松江，乃是三省通衢"，并一向被清政府尊为"本朝发祥之圣地"。

由此可见，今天看似平常的吉林市以及吉林市小小的"乌拉街"在东北地区历史上，其形势、地位曾多么重要。吉林"打牲乌拉总管衙门"设置于 1657 年（清顺治十四年），到 1911 年止，历时 254 年，其间 36 任总管，最高级别达到正三品。"打牲乌拉总管衙门"除采捕各类贡品外，还设有乌拉官庄，共有旗地 40338 垧，仓廒 70 间，仓廒贮粮定额 2 万石，历年轮采 3200 石。

就这里的大米而言，几乎"一落地"就有了一个尊贵的身份——皇家贡米，年年岁岁由"官家包销"，紧俏得连种稻农民自家都难得尽情享用。新时代来临之后，这里的大米品质仍然被吃米的行家所青睐。从 20 世纪中期以来，大部分吉林大米一直走着"专买专卖"的路子，农户不论大小，粮企不论大小，产地不用细分，每年生产出限的米，除少数自留自用，基本都被北京市和本省采购一空。

而吉林市的万昌大米更是十几年的老品牌。不仅仅是吉林人认它，很多的外地人也十分认"万昌大米"。聂艳华便是冲着这多年的名气而来。

一进万昌，便是大片大片的稻田，聂艳华望着窗外，心里一片欢喜，本米寻找起来毫无头绪，如今竟这样全不费工夫。

司机将车停靠在路旁，聂艳华一个人走向了无边无际的稻田。

稻苗葳蕤，一种植物的淡香扑鼻而来，聂艳华此时感到的不是大米的香，不是水稻的香，而是一种与任何商业目的毫无关系的香，是灵魂找到栖所后放松与平静的香。她深深地吸了一口气，那淡香便充满整个胸腔，此时，阳光从她的头顶照下来，她的整个头脑都亮了，那光从上至下游走，走到哪里，哪里便被照得暖洋洋亮堂堂的。然后，光走到指尖，又由指尖转回来走到胸腔，与那自然的香气汇合，形成一种甘露一般的气流，在她周身转了一圈。她轻轻吐气，那些身体里的浊气、杂质，包括烦恼种种似乎都随着这气流被吐了出去。聂艳华说不出这是一种什么感受，这是她一生中从未有过的感受，似乎出离了人间一样。聂艳华被这感受迷住了，她站在那里，一连做了几次深呼吸仍舍不得离开，直到这感受渐渐弱了，弱到她已经感受不到了。聂艳华的心里明明知道，有些事，可遇而不可求，那就要适可而止，不可太贪心，但她还是舍不得挪动自己的脚步，即使挪动了脚步，也舍不得挪动目光。直到她走远了，她的心还在看着刚才那个地方，那个令她如同进入了另一个世界的地方。

离水田不远处是一座座低矮的平房，一条宽大的河流经此缓缓流过。聂艳华叫了司机，二人穿过那长河，径直走向不远处的农户家。

聂艳华还不太懂米，但多年的经销经验让她对市场比较熟悉，她懂市场需要什么，更重要的是她知道自己想要什么。她到农户家闲聊，问起那些关于水稻的粗浅的问题，并认真地拿着小本子记录着。她真诚的样子把那些农户都弄得有些不好意思，只能更认真更诚恳地告诉她。

一趟、两趟、三趟、四趟，聂艳华仅去万昌一个小镇便足足跑了二十多趟。每一趟都是早上 5 点多钟起床，晚上 10 多点钟收工。为了保存体力，多走访农户，多走访合作社，多走访加工厂，她上车便睡觉，下车便连访带问。慢慢地，她发现她对大米有了一些了解了，至少，她对万昌大米的特性已经比较了解了。对于如何能找到好米，似乎也有了一定的方向。

除了迈开双脚去寻找，聂艳华还翻阅了大量关于优质水稻生长的科学资料。她发现，原来影响水稻生长的自然环境包括土、水、气候。了解了这样的原则，她的寻找似乎就更明确了。

吉林省是中国黑土区的核心地带，所谓黑土，乃指有机物质平均含量在 3% 至 10% 之间，特别有利于包括水稻、小麦、大豆、玉米在内的农作物生长的一种特殊土壤。每形成 1 厘米厚黑土需时200年至400年，而吉林人脚下的这片黑土厚度大多达到了1米，算起来，总的积累时间要达到2万至4万年之久。

整个东北平原上的黑土，又称寒地黑土，它与乌克兰平原以及美国密西西比河流域的黑土一样，史前都曾被茂密的森林覆盖，地壳运动后形成了黑土积累的基础。由于这些地域都分布在四季分明的寒温带，植被茂盛，冬季寒冷，大量枯枝落叶难以腐化、分解，历经千百年的沉积和缓慢腐熟，便形成了厚厚的腐殖质，也就是肥沃的黑土层。黑土有机质含量大约是黄土的十倍，是肥力最高、最适宜农耕的土地，因此，世界三大黑土区先后都被开发成重要的粮食基地。

这样的黑土在各种基性母质上发育，包括钙质沉积岩、基性火山岩、玄武岩、火山灰，以及由这些物质形成的沉积物。这些母岩母质中丰富的斜长石、铁镁矿物和碳酸盐都有利于黑土的发育。据分析，中国黑土涉及的母岩母质有石灰岩、玄武岩、第三纪河湖沉积物，以及近代河流沉积物等，但以石灰性母质为主。

黑土的相对年龄属于幼年，原因如下：许多黑土是在冲积、湖积以及火山物质等母质上发育的；黑土的自翻转作用是使其保持幼年性的另一个因素；在半干旱气候区，缓慢的风化速度限制了剖面发育；基性母质不断释放出丰富的 Ca、Mg 盐基，使土壤中蒙脱石矿物保持稳定；在坡地，则因迅速的剥蚀作用，表层不断遭冲失，使土体保持浅薄和幼年状态。

蒙脱石占优势的黏粒矿物组合是黑土中活跃成土过程的基础。黑土的蒙脱石由两个途径而来：一是由母质中继承下来，如较湿润气候下的冲积物、钙质岩以及火山碎屑物质多富含蒙脱石矿物，成土环境延续了蒙脱石的存在；二是新生成作用，即在含有盐基和二氧化硅的碱性水溶液作用下，通过非膨胀性铝硅酸盐黏粒的复硅作用而产生，或者由原生矿物向次生矿物转化而成。

蒙脱石的开裂过程是黑土另一主要成土过程，这是富含 2：1 型膨胀性矿物的黏质土壤在明显干湿季气候条件下的必然结果。土壤干燥时土体强烈收缩并形成纵横裂隙，深可达 1 米以上，地表附近的宽度可达 10 厘米。深大裂隙的形成，对掺混土体具有特别重要的意义。干燥时，大裂隙的边缘受到降水、动物活动、人类耕作等作用，上层物质向下跌落，填充于裂隙内，重新湿润时，土壤膨胀，裂隙闭合，土体底层因增添了额外物质，膨胀后必然要产生较大的体积，造成挤压使土壤向上运动。如此经过多年循环，下层物质进到表层，而上层物质降

◎ 天赐之土——"合十"贡米有机种植基地　赵树根　摄

到下层，称之为自翻转作用……

科学对于黑土的解释，真是过于科学了，让普通百姓有些听不明白，谁知道一把泥土放在面前，要经过多少道工序，怎样拣选，怎样分离，采取多少物理的、化学的方法和手段，才能看清、弄懂那至关重要的物质之核——蒙脱石。但聂艳华确信，这 18.74 万平方千米的吉林大地也有它各自的不同。她必须从中找出自己想要的一块，然后，给它选最好的种子，用最有良知的农民管理，产出最好的水稻，磨出最好的米。

想到这儿，聂艳华十分高兴，好像那一把把稻种已经撒到了土地上，长出了茁壮的稻苗，农民正把那一穴穴稻苗栽进稻田，经过雨水和日光滋养，它们已经抽穗开花。聂艳华似乎看到了农民欢喜朴实的笑脸，似乎听到了稻苗抽穗时欢快的声音，一切都是那么美好。

突然，另一个问题涌上她的心头，用尽心思种出了好米，这些好米，是要给谁吃呢？要知道，把吉林所有能种水稻的地方都种上好大米，也是不可能够全国人民吃的。

聂艳华脑海中闪现出更为美好的景象，那是关于人类最为美好的一种设想。那是一幅仁义礼智信、温良恭俭让的图景。聂艳华心里有一个决定，等她找到了第一批米，这一批米要给员工作为孝敬老人的"孝亲米"来用。

孝，一直是聂艳华所极力推崇的。孝文化也是"华兴"最先开始在公司推广的一种文化。"华兴"人不仅仅能背诵《孝经》，更在践行着孝文化。

对于"华兴"来说，母亲节、父亲节和中国最为隆重的春节一样，是大节。每年的母亲节、父亲节，聂艳华都安排公司的主管策划活动，挑选礼物。聂艳华交代，给老人挑选礼物，一定是实用贴心之物。所以，主管们有时候挑选的是漂亮又舒服的床上用品，有时候是贴心的小棉帽，有时候是实用的羽绒马夹。聂艳华鼓励大家，不能把礼物送到，吃顿饭就走，一定要坐下来，陪老人说说话聊聊天，并且带着孩子一起给老人戴上帽子，或者试试衣服，或者把床上用品给老人直接换上，让孝道文化代代相传。她还鼓励大家把自己和老人在一起的照片发到群里，有时候还挑选一些好照片，放在公司的展示墙上。

小小的细节，看起来没什么，但是正是这小小的细节，慢慢改变着一些家庭。

都说婆媳是一对永远的天敌，可是"华兴"就是用这一件件小小的礼物，无形中树立了另一种婆媳关系。对于"华兴"来说，每一个员工在报送领取物品名单时，要报两对父母，两对祖父母（过世的除外）。"华兴"会在春节、父亲节和母亲节时，为员工的两对父母、祖父母准备同样的礼物，并附上一封员工写给他们的信。"华兴"只拟了开头和结尾，而那些心里话需要员工根据自己的情况添进去。正是这小小的一封信，竟然感动了那么多婆婆。

2019年的母亲节，一位员工亲手为年迈的婆婆穿上新衣服，然后让公婆坐下，自己跪在二老的面前，读了一段心里话，感谢婆婆多年的付出和包容，婆婆几次忍不住掉下眼泪，连公公也偷偷地转过脸去。

想起这些，聂艳华为自己有这样的员工感到骄傲。所以，等她找到最好的米，首先要做一款"孝亲米"给自己的员工，奖励他们恪守孝道。

聂艳华从没停止自己的脚步，走着走着小半年便过去了。她从吉林省东部走到中部，从中部走到西部，又从西部走回东部。

聂艳华找的不仅仅是黑土，还要黑土之边有最适宜的河流，河流之上，有最适宜的气候，而这样的天地之间，还要有一群可以与她同路的良知农民为她管理她心中的水稻。当这一切条件聚齐，这哪里还是什么黑土，这分明就是天赐之土。

正当聂艳华的脚步踏遍吉林大地时，吉林省打造大米品牌的工作正如火如荼地展开着。

2015 年 3 月到 4 月间，国家领导人曾两次对吉林粮食工作做出明确指示，强调吉林大米是品牌，要打好这个品牌。这项指示无论是对稻农还是对大米企业，无疑都是个巨大的福音。

吉林省委省政府决定将吉林大米作为吉林省农产品第一品牌进行打造和推广，这一项艰巨的任务由主管农业的副省长牵头，具体落实便落到了当时省粮食局的头上。

这个秋天异常繁忙。虽然各地的统计数据还没有上来，但

通过吉林省粮食局的实地踏查和基层粮食部门、粮食企业陆续反映上来的情况看，全省将迎来又一个大丰收。从乡村到城市，从田野到会场，到处是一片热烈、忙碌的景象。所有与农业有关的人都在谈论着同一个话题：粮食。尤其是水稻的收储与销售，更是今秋粮食工作的重中之重。它不仅涉及本年度粮食的生产规模、农业收入和广大农民的福利、福祉，更涉及全省粮食发展格局和未来的方向。

品牌建设需要有卓越的品质支撑，对于吉林大米的品质和优势，每一个粮食人都是了然于心的。每当他们开始掰着手指细说起吉林大米的渊源和天然优势时都如数家珍，说到得意处，更是神情自然、愉悦、陶醉，很像一个自足的农民夸耀自家的田园。

吉林大米最大的优势，莫过于它生于黑土地之上。

吉林省位于东北黑土区中部，素有"黑土之乡"之称，多年来一直是我国的重要商品粮基地。黑土不仅在吉林省农业经济发展中占有重要位置，而且在保障国家粮食长久安全上也具有举足轻重的战略地位。

吉林省境内的黑土分布较为广泛，东起长白山麓的低山丘陵，西至大兴安岭南端东坡向平原过渡地带的阶地，行政区域范围包括长春、松原、四平、辽源、吉林和通化等地区的 26 个县（市、区）。

　　吉林省现有耕地面积 579.86 万公顷，占全省总土地面积的 31%；人均耕地面积 0.25 公顷，是全国平均数的 2.78 倍；连续多年粮食总产量在 700 亿斤以上。其粮食人均产量、提供商品粮总量、出口粮食总量三项指标多年来一直稳居全国之首。对国家粮食安全的重要性是可想而知的。

　　据有关部门检测，吉林省共有 19 个土壤类型，其中，适宜种植水稻的土壤类型有 8 个。这些土壤类型的土层深厚，土质肥沃，没有受到重金属污染，有机质含量 15—50mg/kg，全氮含量 1.0—2.0mg/kg，速效磷含量 15—40mg/kg，速效钾含量 100—200mg/kg，土壤 pH 值 5.5—8.5，非常适宜水稻种植。

　　造就吉林大米品质卓越的第二个因素便是水。

　　吉林省属于全国三个河源性省份之一，全省现有流域面积在 20 平方千米以上的大小河流有 1648 条，30 千米以上的河流有 220 多条，分别属于松花江、辽河、鸭绿江、图们江、绥芬河五大水系。这五大水系均发源于省内，吉林省处于这些水系的上、中游地带，水流污染小，水质好。主要湖泊有长白山天池、松花湖、月亮泡、大布苏泡、查干泡、波罗泡等 10 余个，

◎ "华兴"员工集体插秧　赵树根　摄

大多分布于中西部。全省多年平均水资源总量 398.83 亿立方米，其中地表水资源量 344.17 亿立方米，地下水资源量 123.61 亿立方米，重复计算量 68.95 亿立方米，人均水资源量 1449 立方米。近年来，有关部门对全省 189 条江河的监测评价结果显示，优于 Ⅲ 类水质的河段占 71%，优于 V 类水质的河段占 90%，全省各主要江河均符合农业灌溉用水要求，水稻主产区的灌溉用水普遍良好。为了更好地满足水稻生产用水，全省共建成万亩以上灌区上百处，各类机电排灌泵站、机电井、水闸、塘坝等，实现农田有效灌溉面积几千万亩，基本上满足全省水田灌溉用水需求。

再说水稻生长所需要的气候。吉林省位于北纬 40 度—46度，是世界公认的优质水稻生产带。这样的地理位置与日本优质大米产区青森、岩手和秋田处于同一纬度，气候条件非常接近。冬夏分明，夏季高温多雨，冬季寒冷干燥并且冷冻期漫长不利于虫害的生长，是天然的绿色生产基地。这样的气候，也有利于土地营养的沉积，并且雪融化后会有大量的营养成分进入土地。

从传统意义上讲，20 世纪 70 年代之前，世界公认的影响水稻品质的第一因素便是产地因素。无论是土、水、气候，吉林省都是种植极品大米的核心产区。

随着世界育种业的发展，水稻品种的增多和不断更新换代，水稻品种渐渐成为影响水稻品质的第一因素。

吉林省是我国主要的优质粳稻生产基地，其省会长春市曾被命名为"中国优质粳米之都"，德惠市曾被命名为"中国优质小町米之乡"。种种荣誉，不仅仅是因为产地原因，也因为吉林省水稻育种业的迅速发展，育种专家经过几十年的研发，选育出影响全国甚至是享誉国际的优质品种。

吉林省以圆粒水稻品种居多，占全省水稻种植面积的80%以上。圆粒米代表品种"吉粳88"曾一度享誉全国。中长粒米中，比较具代表性的品种是"吉粳81"，也曾获得不少奖项。长粒米的代表品种是"稻花香2号"，在省内中西部地区多有种植，其米粒细长，饭味浓香。

近几年，随着人民生活水平的提高，对优质食味品种提出了更高的要求。吉林省农业科学院、吉林农业大学等科研单位及高校，一直在培育优质食味水稻品种上下功夫。从2015年开始，吉林水稻品种便在全国获得大奖。"吉粳511"2015年荣获全国优良食味粳稻品评特等奖，2016年在"中日优良食味粳稻品种选育及食味品鉴学术研讨会"上荣获食味"最优秀奖"，排名第二，仅次于日本新潟鱼召"越光米"，在参评的六个中国优良水稻品种中排名第一。2019 年 4 月，第二届全国优质稻品种食味品质鉴评暨国家水稻良种重大科研联合攻关推进活动在三亚举行。全国各地种子管理部门及攻关组推选了 103 个优质稻品种参评，由吉林省农科院选育、吉林吉农水稻高新科技发展有限责任公司生产销售的"吉粳 816"再次脱颖而出获得金奖，这是全国唯一连续两届获得金奖的粳稻品种。除此之外，"吉粳 528""吉粳 515"也荣登金奖榜。吉林优质食味水稻品种层出不穷，这更为吉林大米优质食味奠定了基础。

举全省之力打造地域品牌，这个消息对于聂艳华来说是个太好的消息了。她没想到，她的心愿和目标竟然与一个省的步伐刚好一致。万事俱备只欠东风，如今这个东风来了，她的"华兴"刚好顺风而行，借风而起。

打造品牌，必须对自己的产品十分了解。下乡调研是品牌建设队伍的第一站。只有到了田里，才能更清楚准确认识到吉林大米的品牌如何打。品牌建设的队伍，把第一站定在了与黑.龙江省五常市隔河相望的榆树市。在过去的十年里，这个市的很大一部分稻谷都以原粮的形式出售给五常市的稻米加工企业。据当地的农民反映，五常那边的米厂每年很早就来下了订单，因为价格平均要比本省米厂出的价格高出两毛钱，所以农民们很乐意把稻谷卖给他们。本省的米厂因为选择的空间较大，很多地方出好米，一般不会和外省来的人拼价格。想一想，这里65万吨的产量，有三分之一的高端优质稻谷就这样源源不断流入外省。虽然在以价格为主导的市场中稻农以合理价格出售自己的稻谷无可厚非，但这样做却是用自己省里的米支撑了别人的品牌，将产量和数据留给了自己，利润和声誉丢去了省外。

位于河对岸的五常大米，品牌建设起步较早，走在了吉林省的前边。特别是2014年播出的一部央视纪录片中，称五常大米为中国最好的稻米之后，这个东北稻米品牌更是风生水起，国人只知有五常米而不知其他，品质上乘的吉林大米便被"五常"遮盖了。

然而，正当"五常"声名最响时，出现了品牌建设过程中经常会遇到的老问题。最近两年，网上和微信群里经常出现各种各样关于五常大米造假的消息，五常大米在市场上刮起一场信任危机的风暴。

这场市场信任危机风暴引起了吉林省的高度注意和深刻思考。正在大张旗鼓打造大米品牌的吉林，不得不提高警惕。粮食主官们不得不早早地做好打算，要在吉林大米品牌建设初期，就做好日后防假、打假工作的准备。俗话讲："酒香不怕巷子深。"对于吉林大米的品质吉林省有着足够的自信，对于吉林大米品牌传播的深度和广度，自然也不必过度担忧。大家都知道，在这个信息化和物流业高度发达的时代，只要你的东西好、品质过硬，总有一天会被广泛认识和接受。就是现在，吉林的大米也不愁卖，各产区的中高档米已经通过各种渠道被全国各地的米厂订购一空。但是，在同质化严重的农产品市场里，防假、打假是最难的，特别是在地域品牌建设过程中。

很快，吉林省决定，由政府为品牌建设搭建平台，戏还是企业来唱。政府引领地域品牌建设，而企业要借此打好自己的特色品牌。省政府将一些省内产品好、实力强、信誉好的大米企业，联合到一起，抱团发展，抱团打品牌。

很快，一个承载着吉林大米品牌的巨大载体出现了。吉林大米联盟！形象一点儿说，这是一个功能齐全、实力雄厚的"航空母舰"。联盟企业要有相当的规模，就要有足够的土地流转数量，也就是优质稻种植基地。只有土地规模上来了，才能统一品种；只有统一了品种才能有统一的标准；只有统一了标准，才有恒定可靠的品质保障。此外，企业还要有高标准的收储库，保证水稻在储藏或较长时期的储藏过程中品质不变；要

◎ 长春大米欧亚长新直营店授牌　吴婷婷 摄
（右为长春市粮食和物资储备局副局长李北牧）

有高水准的加工厂，保证加工工序、工艺科学合理，满足用户的各种需求；还要有自己的营销体系和销售区域，证明你在品牌方面有积累而且有很强的品牌意识。

聂艳华和她的"华兴"很快便被发现了。工作人员到聂艳华的企业调研，不仅走访了她几十家的销售超市、批发点，还去她的库房进行了调研和参观。聂艳华介绍了公司的现状，并诚恳地表述了自己目前的困难和强烈的心愿。在经过一段漫长的等待之后，"华兴"成为吉林大米企业联盟的重要成员。

吉林大米联盟成立以后，省粮食局牵头推动吉林大米品牌宣传工作，北京、上海、深圳、广州、杭州……吉林大米联盟在政府强力的支持下，开始了一次次南征，吉林大米的品质与品牌也在一次次南征中得到验证和再次推广。而聂艳华也借着吉林大米这艘大船不断前行。

第九章

寻找『卢城之稻』

吉林大米品牌建设的整体推进，让聂艳华不再感到行路孤单。干了二十多年的粮食贸易，她从来没有像今天这样，感受到温暖，感到格外受到尊重与重视。

从前做粮食贸易，只能单打独斗，与厂家看似一体，目标一致，但是在销售大目标的背后，还有那么多细小的目标并不一致，甚至相反。所以，经销商的身份有时候既被动又尴尬。既控制不了产品质量又控制不了市场价格，只能在生产厂家与消费者之间挤出少许空间。

如今，时代变了。聂艳华敏锐地嗅到了一种气息，吉林大

米将在短时间内溢价，并以更好的形象与姿态走向全国大市场。

聂艳华的土地已经找好了，明年开春，一片属于"华兴"的绿色种植基地便可以长出她想要的大米了。但是她觉得这还远远不够，她还要继续寻找。她现在心里清楚了，原来吉林这片土地上，可以长出最优质的三种大米：东部是火山岩大米，西部是弱碱性米，中部是黑土地的有机绿色大米。聂艳华接下来的脚步就要重新踏上这片土地，这一次她已经是有备而来了。

而此时，还有更多人走上了和聂艳华一样的道路，他们都在寻找吉林的好大米，只是他们的目的并不相同。大米这件事，已经迅速被全省各界精英关注到、捕捉到了。

报纸、电视台的记者们蜂拥而至，中国作家协会也委托著名作家关注吉林大米，一时间，吉林大米以及和吉林大米有关的人一并被聚光灯照亮了。

记者和作家们寻找的不单单是好米，他们找的更是好米背后的匠人。

一次偶然的机会，在一个平常的聚会上，聂艳华和往常一样向朋友"汇报"自己最近寻米的收获。聂艳华的声音柔和而平静，那是从心底发出来的声音，它不是为了去征服谁，也不是为了唤醒谁，好像是一颗心说给另一颗心听，也好像是自己说给自己听。起初，这声音在嘈杂的饭馆里显得有点儿微弱，正谈在兴头上的人们有些听不清，突然，不知道是什么原因，整个饭桌都静了下来，整个包房也随之静了下来，聂艳华那小小的声音，包含了巨大的能量正穿透着大家的心。

"为了一粒好米，竟然有人这样费尽心思！大姐您太让我尊敬了。"听到聂艳华的初心，全场都被感动了，不知是谁先举起了酒杯。

"中国该多一些您这样的企业家！"人们频频举杯。聂艳华有些不好意思，她仅仅是说了自己的心里话，哪敢称什么企业家，又哪承受得起这么多人的赞美呢！

"大姐，我正创作一部关于大米的报告文学，一直在寻找您这样的人。近期您有时间的话，咱们一起聊聊，我想做一次采访。"说话的是省内一位著名作家。

聂艳华一惊，长这么大读过不少书，却从来不敢想自己会成为书中的一个人物。她一下子不知道该如何回答，便说："我一个老太太，能有什么好写的呢？"

虽然嘴上这么说，但聂艳华的心里还是比较激动的。这更加坚定了她做下去的决心。她告诉自己："如果我做这件事是不对的，绝不会得到这么多人的支持，不会有这么多的善缘。之

◎ 欧亚集团董事长曹和平参观"三耳马"面粉和"合十"贡米

所以我能如此顺利地做自有品牌的面粉，又做自有品牌的大米，归根究底，不是我的能力有多强，也不是我的人缘有多好、人脉有多广，根本原因就在于我做了一件对的事，于是，我找到了同路人。"

这次聚会，聂艳华有了巨大收获，她对吉林大米的知识储备更丰富了。她寻找好大米的范围又缩小了一大圈，目标更为精准了。

原来，中国作家正在做东北贡米产地调研，要书写一部关于贡米的书，专门记录贡米产地的人和事。这样，聂艳华循着贡米在吉林地区的产地，再加上前些日子吉林省农业科学院的专家给出的现代科学研究的产极品米的范围，寻找到历史和现代的重合点，这样，极品米产生的地点就有了。聂艳华越想越兴奋，竟然有些睡不着了。

第二天一上班，果然有记者与她联系采访的事。聂艳华安排完采访的时间和地点后，又询问了对方目前有据可查的贡米产地的位置，对方不仅如实相告，还答应陪她一同前往寻找贡米产地。

这一天天还没亮，聂艳华的爱人便送聂艳华等人踏上了去往安图县的火车。他们要去安图县石门镇寻找曾经名噪一时的

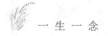
卢城之稻。

　　三个小时后，安图县石门镇出现在聂艳华的眼前。站在镇口，向小镇外山水间的深远处望去，一片平整的土地安静地躺在群山脚下，宽阔的布尔哈通河奔流而下。稍有点儿历史知识的人或多或少都会知道这个小镇的那些过往。但真正进入小镇，感受小镇的人，却着实不多。

　　石门镇位于安图县东北部，北接明月镇，东与龙井市相邻，西与和龙市老头沟镇、天宝山镇毗邻。布尔哈通河横贯小镇，在海拔 290—1074 米的山地、台地、小盆地以及众多小平原间穿行。这个东西长 53 千米、南北宽 10 千米的小镇，正处于东经 128° 51 '—129° 10 '、北纬 42° 39 '—43° 08 '。按黄金水稻带的地理标尺一卡，这里正处在那个"带"的轴线上。通俗表述，就是生长优质水稻最适宜的地理位置。小镇上的人口成分也很特殊，大约有 75% 的人口是擅长种水稻的朝鲜族居民。这个有着悠久历史的"白衣民族"也有着非常久远的种稻传统。

　　在这块历来以游牧文化占主导地位的区域，朝鲜族人民算是地地道道的食米族。他们勤劳又讲究生活品质，日常主食十分单一，基本集中于稻米。他们对大米口感的要求比其他民族要更加"讲究"。所以，早些年，全国都在关注水稻产量，关注如何解决温饱问题时，这里的一些农民就已经在研究如何种出好吃的水稻。当全国都在为了大米的卖相好看而对大米进行过度抛光时，小镇上的农民已经开始追求粗磨米，保证大米表层营养不损失。

在石门镇与明月镇的交界处，长图铁路东侧3米，立有一块高107厘米、宽46厘米的花岗岩石碑，上书"石门山"。在石门山，曾经发掘出我国东北地区最早的古人类之一"安图人"遗址。

就在安图县进入石门镇的必经之路上，立着另一块石碑——"卢城之稻"。传说，1300年前，这里曾是贡米产地。据《新唐书·渤海传》记载，当时渤海国进贡给唐王朝的贡品之中，就有"太白之菟，扶余之鹿，鄚颉之豕，率宾之马，显州之布，卢城之稻，湄沱湖之鲫……"这里就是古"卢城之稻"的正源了。

"安图人"与"卢城之稻"的种种传说，让小镇有了千年的回响，也为小镇披上了一层神秘的面纱。然而，这千年韶华，对于石门的稻农来说，仿佛只是昨夜梦境中的一个故事。时光若水，除了镇口立着的"卢城之稻"和"石门山"的石碑外，过往的岁月似乎没有给小镇留下任何痕迹。日子过得很慢，村

民们轻踏着厚重的历史，依然平静地种着水稻。

小镇的生活如同木心先生的那首诗："从前日色变得慢，车，马，邮件都慢，一生只够爱一个人。从前的锁也好看，钥匙精美有样子，你锁了，人家就懂了。"是的，小镇是不锁门的，即使锁了门，也仅仅是让人"懂了"的意思。小镇的生活是慢的，慢得悠闲，也慢得浪漫。但小镇人也不是毫无所求，没有"野心"，那些致富带头人和稻农们的意愿，就是把"稻"变成"金"，重拾当年"贡米"的荣光。

聂艳华来到石门镇之后并没有惊动任何人，而是默默地在小镇住了下来。她要好好了解小镇的山、小镇的水和小镇上那些朴实的种稻人。

每一个清晨，在那大片大片的稻田里，聂艳华一站就是好久，静定平和，浑然忘我，她极为专注地凝视着每一棵稻子，与其深情对视，与其暗暗对话。从聂艳华决然放下蒸蒸日上的粮油销售生意，固执地回归田野那一刻起，她或许已经背离了商业领域里纯粹逐利的规律，进入了另一个领域，或者说进入了另一种境界。每一次选择，都意味着另一种放弃，而在聂艳华这一求一放之间，懂得她的人一致认为，这无疑是一场实实在在的"修行"，而支撑她这场"修行"的正是她内心里一个执着的善念或者说一个红尘里的信仰——把好吃、健康、安全的好米送往人们的餐桌和口中。

　　聂艳华在石门镇最先认识的是马春红，一个很普通的稻农，因为多上了几年学，在一家合作社里做会计。春天种稻时，马春红看到稻田池子里有很多鱼，起了童心，竟然叫停了插秧机，率领一家人在池子里抓鱼，这是马春红小时候最喜欢做的事儿了，成年后她出去打工，就再也没有机会抓鱼了。况且，除了石门，还有哪一个镇子的水田里会有那么多鱼呢？小镇里的稻农很爱惜自己的土地，不知从哪一年开始，他们就开始少用化肥、少用农药，进而想办法不用化肥、不用农药。土地，在从前的几年里被大把大把的化肥喂馋了，如同一个上了毒瘾的瘾君子，扬了化肥就长庄稼，不扬化肥庄稼就又黄又瘦，没有好收成。看着祖上留下的肥得流油的黑土地渐渐板结，镇上的老把式们心疼啊！长此以往，我们还能给儿孙留下什么呢？我们污染了水，又耗尽了土里的养分，我们的儿孙以什么养活自己呢？为了不"伤害"土地这个安家立命的老本儿，马春红开始到处求教、学艺，请专家指导，学会了稻田养蟹。她把蟹苗放进水田里，蟹可以除草还可以松土，免去了农民对使用农药的依赖。到了秋天，长大的蟹可以卖掉，增加一笔收入。中秋的

夜里，河蟹们爬到田埂上，端坐成一排吐着沫沫，马春红一家人带着月饼，先溜一圈田埂，再坐下来闲话、赏月，等第二批蟹又爬上田埂，再去收第二批蟹。直到夜深了，一家人拎着满满一袋子的稻田蟹借着月光回家。

到了 10 月，她把磨好的米一袋袋卖给附近的城里人，也不说自己的田从未用过化肥，也不说自己的稻子是不用农药的。比其他农民稍有些文化的马春红也和其他稻农一样，默默地种地，默默地卖米，不懂市场，不喜声张。

天气渐凉，小镇却热闹起来。来来往往买米的人，有的是为了"卢城之稻"的名气；有的是因为中秋吃了这里的稻田蟹；有的是去年吃了这米的回头客；而更多的，仅仅是因为：小镇，满足了大家心里那份最朴实、最真诚的需要。聂艳华隐隐感觉到，石门，就是她要找的地方——曾经的皇粮产地、优质的水源、合适的气候、悠久的种稻经验、纯粹的民风。

聂艳华喜欢这里。可是，这喜欢仅仅停留在她的感性认识里，她选择水稻种植基地不能仅凭感性判断，更要遵循理性原则，不仅仅要有深厚的文化要素，也必须经得住科学的验证。聂艳华给自己的专家团队打了电话，让专家们马上来当地考察，并且取一些水和当地的土壤，去相关部门做化验。

◎稻田里欢歌劲舞庆丰收　李钟杰　摄

　　聂艳华向镇党委书记金日了解了小镇的情况后，由女镇长金贞娟开着私家车，在一个微冷的周末载着聂艳华下乡，寻找那些可以连片流转的土地。一辆手动挡蓝色轿车在偏远的稻田旁轧出两条深辙。女镇长频繁换着挡位，很怕车子陷入泥里，但车子到底还是陷入了泥里。女镇长加大了油门，车轮在泥里徒劳地打转，整个车子开始抖动。"我下去推一下吧！"聂艳华绕到车尾用力推。女镇长猛劲踩了一脚油门，车轮飞转，泥水好像从天而降洒在聂艳化的脸上、头上、身上、脚上，让聂艳华猝不及防，瞬间变成了泥人儿。

　　这意味深长的一涂，让聂艳华一下子就沾上了这片土地的颜色。聂艳华抹了一把脸上的泥水，放眼一瞧，这就是她要寻找的水稻基地，就选定这里吧！明年，以至今后的很多年，她会年年来此，因为这就是她自己寻得的天然净土。

其塔木，在满语中就是低洼的意思。

这是一个四面环山中央多水的特殊地域。域内因为水塘成片，鱼、虾、蛤蟆多有滋生，所以从古至今传承下来的地名多带有水气，东蛤、西蛤、腰蛤……那些地名中的蛤，就是蛤蟆的意思。

在五谷之中，稻的命相属水，天生就与水相生相合，只要有水，定能生机盎然。于是这片群山环抱而水汽氤氲的低洼地带就成了水稻的"伊甸园"和生生不息的繁衍密境。水与阳光、稻与大米，世世代代地交替演变，编织着其塔木流"金"淌

"银"的岁月。

据老乡介绍，这小镇很久以前就已经有人开始种稻，一直不间断地延续到现在，家家户户深谙稻作秘密。曾有人猜测，神秘的"卢城之稻"消失之后，正是这个地方在幽暗、深远的岁月中始终秉持着"寒温带稻作技术"的火把，以事实证明着"北地无稻"论的荒谬。

这里，虽然没有威震全国的大米品牌，但生产出的大米却十分抢手，周边地区的人包括那些自己种稻的人，都非常认其塔木大米。出米季节，只要一撒手，家家户户的米仓就会售空，每年不到元旦就只剩下自家食用的一点儿存粮。这样一来，稻农们反而缺失品牌意识。结果是周边的米厂花了较低的价格来抢米，转手高价卖出，遇到不那么"讲究"的商家，还要掺一些杂米，顶着其塔木的名号卖给不明真相的消费者。

北方的 10 月，阳光总是显得十分明亮。天是蓝的，地是黄的，像两块色彩明艳的镜子相互映照着。温暖的阳光如一群找不到落脚之处的飞鸟，一会儿撞到天上，一会儿折到了地下，就那么天上地下地折返着，空中就到处都是它们飞翔的轨迹和散落的翎羽。聂艳华的脚步，就在这样的 10 月里停了下来，停在这个吉林省中部的小镇子里。

　　农民专业合作社的稻谷陆续进入了成熟期，部分地块的稻子已经具备了收割条件。一大早，合作社的农民们就带着收割队伍和两部大型收割机来到田间。今天收割的是合作社自营的水稻田。316 垧稻田，站在田埂上远望，就是一片金色的汪洋，给人一种没有边际的感觉。尽管如此，农民们还是在前一天花了一整天的时间亲自把所有的稻田从头到尾走了一遍，逐块查验了稻田的成熟程度，并确定了每一地块的最佳收割时机。

　　对于这里的农民来说，不管社会怎样发展，机械化程度有多高，农事中的一些关键环节比如秧苗出棚、稻子收割等，必须亲自过手，否则心里就会不踏实。

　　朝阳初现的早晨。也许只有收割机的轰鸣声，才是对眼前这个秋天的最好解说和最透彻的阐释。农机手坐在驾驶室里操作熟练，让收割机始终保持着笔直向前的匀速行驶。从高空俯视，仿佛一支移动的画笔，正在一块画布上做着反复涂抹的动作。虽然黄色的基调没有改变，但农机走过的地方显得更加平整、细腻和空阔。

　　稻粒离别了土地，哗啦啦落在袋子里；稻草被锋利的刀具绞碎，扬撒在田野之中，还原为泥土，为下一季的稻花飘香做了最后的祭献……至此，水稻们的一生就宣告结束了。田地上留下矮矮的茬口，那是关于它们前生前世的记忆。

已经牢牢在握的丰收，对于种田人来说，就意味着黄金一样的稻和白银一样的米，那是富足和喜悦的代名词，是一年劳作之后应得的报偿。

其实，对于劳作在田地里的农民来说，丰产有时候并不意味着丰收，只有那黄金般的稻子出手了，卖上了好价钱，并且那些钱真正到了自己手里，一年的丰收才算落了地。

每一季收获、每一粒粮食之中，都寄托了他们太多的血汗、太多的情感、太多的忧虑和太多的愿望，所以秋天才显得异常沉重。难以改变的命运和不断重复的经验告诉人们，一季丰收仅仅是走向喜悦的一个逗号，结果如何全落在自己无法掌控的市场和价格之手，到句号呈现之前，是喜悦还是悲哀、是福祉还是祸患很难做出判断。一季丰收，也仅仅是一场繁华的落幕，下一场繁华是否能以此为基础或以此为依凭重新开始，从古至今都是一个悬念。

不知疲倦的收割机，持续在秋日的阳光下搅起纷纷扬扬的金沙……这庄稼的"粉身碎骨"，不但没有在人类的情感上引起任何悲戚和痛惜，反而激发出一种近于绚丽的想象，想到另一种形式的播种。

◎ 米好、价高、农民丰收乐 李志成 摄

聂艳华的到来，给农民们带来了不一样的信息。从前，农民的粮食是要卖给"粮贩子"的，然后不知要倒几手才能到加工厂，再然后才能到经销商的手里。从农田流向市场的环节多了，成本自然也无形地高了，而这成本一半要算到消费者头上，另一半便要算在农民头上。如果像聂艳华这样的企业家，能直接从农民手里买米，农民种田的利润会不会增加呢？

当然会！这也正是聂艳华前来的目的。从田间直接到餐桌，减少了中间环节，红利当然最大限度留给了农民们。但是聂艳华的这些红利，也并不是白白留给农民的，必须制定收购标准。聂艳华的心里早有打算，自有品牌的大米，一部分采取基地生产的模式，实现有机种植；一部分采取农民订单式生产，实现绿色种植、特色种植。农民的种子等生产资料和管理技术等都由公司提供，农民只负责提供土地以及劳动力，每年秋收，公司会安排专业人员来验收田地里水稻的质量，符合标准的按照比市场价更高的价格收购。这样，不仅提高了水稻的质量，也减轻了农民因为生产成本增加而造成的负担，并且让农民实现了增收。

其塔木是吉林有名的贡米产地，聂艳华看好了这块土地，也看好了这块土地上的农民。可是，如果真要在这里实施订单生产，谁来牵头呢？

"董事长,您见过水稻扬花吗?"在机器的轰鸣声中,一个农民突然大声问聂艳华。

聂艳华一怔,还未来得及回答,那人便接着说了起来:"每年水稻一扬花,我就能从开放的水稻花中看到秋收的成色。"这位农民还告诉聂艳华,水稻扬花是一个传奇,是水稻一生中最大的秘密。

是的。确如这位农民所说,这世间没有哪一种花能像水稻花那样微小、朴素和低调,白白的一片,从远处看总像稻穗儿上撒了一层灰尘。稻花没有花瓣,更难看出雄蕊雌蕊,并且花期十分短暂,从开放到凋谢,也就一个多小时的时间。细细小小的水稻花儿,开放时不仅是无声的,也几乎是无形的。除了风,除了细心的稻农,似乎就不再有谁能把它们从稻穗儿上发现并拾起。

聂艳华当然没有见过水稻扬花,不仅仅是聂艳华,或许那些种了一辈子田的粗心的农民们也未必见过水稻扬花的样子。

此时,在收割机的轰鸣声中,这个朴实的农民正陶醉地讲述着,他曾在夏天不止一次认真观察并仔细数过,一株稻穗,大约要开200多朵稻花,如果没有什么意外发生,到了秋天,每一朵稻花都会变成一粒稻谷;但"意外"总是会不可避免地发生。他告诉聂艳华,按照传统的农业生产条件定义,像其塔

木这样的地方无疑是"风水宝地"，没有大旱、大涝，鲜有春寒、早霜，就连每年刮的两次风也是极有规律的。每年4月末至5月初，这里会起一次大风；7月末至8月初还要起一次风，有时候还会带一点儿雨。对于其他粮食品种来说，一切都是正常的，根据每年极其稳定的产量看，基本上没有遇到过"意外"，稻谷却有不同，一样的水肥、一样的生长和自然条件下，有一些年份的产量就高，而有一些年份稻谷的结籽率就很低，瘪子很多，产量明显下滑。农民们知道那是因为水稻在授粉期授粉不足、不充分所致。有时，正是春天那场大风带来的祸害。

在整个其塔木，只有这个农民的水稻长势最好，无论什么时候水稻受了风灾，这个农民的水稻从来不会因此减产。只有这个农民自己知道，他曾经为了找到水稻扬花和8月初的这场大风是怎样的关系，足足在田里蹲了四个8月。他用四年的时间，用最笨最拙的办法，找到了一个神秘的规律。四年，他终于知道了水稻落地之后，在什么条件下第几天开始扬花，花期有多长，什么因素影响水稻的扬花授粉……于是，他每年春季插秧前就把刮风的大致期间和水稻扬花期算准，插秧时巧妙安排，使"两期"相错、互不搭界，水稻们的"佳期"就不会再受到风的侵扰。

　　聂艳华转过头，细细地打量着身边这位还不知道姓名的农民，心里不禁生出了敬佩。从前，经常听老人说，土地和庄稼都是有灵气的，有时它们就是庄稼人心性的映照。你爱惜土地，土地也爱惜你；你心性温良、美好，种出的粮食就"实成"、甘美。那时，我们谁都不信，只把那些当"瞎话儿"听。老人们自然很失望，但也毫无办法。现在，我们也一把年纪了，才知道万物有灵，并且彼此间都会发生不可忽视的感应。

　　日本 IHM 研究所的江本胜博士自 1994 年起，就以高速摄影技术来观察水的结晶。实验证明，相同的水如果贴上带有"善良、感谢、神圣"等美好讯息的标签，水的结晶就会呈现出规则、美丽的图形，而贴有"怨恨、痛苦、焦躁"等不良讯息的标签，会出现离散丑陋的形状。当人面对被测之水，无论是写出文字还是发出声音、意念等，都会有带着能量的讯息从身体发出，影响到水的心情，或让水感知、模拟到你的心情……

　　想一想，连看似没有生命的水都会如此，那么，对于那些有生命的动植物又会如何呢？聂艳华的心里十分高兴，她似乎觉得，在她发愿做一款良心米之后，一切都是那么顺利，好像冥冥之中，早有安排一样。就在刚才，她还在发愁到哪里找专家，到哪里找管理这片土地上绿色订单的人才呢？这不，这专

家，这人才就来了，就站在她的身边，这一切来得竟然完全不费半点儿功夫。

聂艳华着实看好了这块地，马上给公司专门负责基地生产的高管安明星打电话。安明星是土生土长的农村人，为了跟着聂艳华种植大米跑遍了吉林省，对那些出产好大米的地块，早已经谙熟于心。聂艳华想将订单生产放一部分在其塔木，安明星举双手赞同。这是块远近闻名的风水宝地，庄稼年年丰收，农民民风淳朴，种稻经验丰富。

但是，光凭着好感觉和好的传说当然不行，这些都是她聂艳华的感性认识，聂艳华干的是大事，这关乎吃米人的健康，更关乎"华兴"人的使命，必须严谨再严谨，慎重更慎重。聂艳华交代安明星立刻找相关部门对水稻进行检测，并派人来当地取土、取水，然后进行专业化验。

"最低标准是绿色大米。"聂艳华对订单农业提出了要求标准。聂艳华想着，与农民签订的订单中就不要种有机大米了，因为有机大米的生产是不能假手他人的，不管这里的民风多么淳朴，她还是要亲自建设有机大米基地，亲自管理，一切都亲力亲为，宁可少种，绝不能有一粒粮食的身份是不真实的。

天色晚了，农民收工回家了，田埂上黑漆漆一片，只有收割机前方的两个车灯，像两只眼睛一样，照向远方。

"聂总，您今年多大年纪了。"一个农民快赶了几步，与聂艳华肩并肩走着。

"快六十了哟！"聂艳华笑着回答。她总是这样笑呵呵的，对农民，对员工，对朋友，她都是这样笑着。好像在她的心里所有的苦、所有的愁都可以酿成这样真诚的一笑。

"哟哟哟，那得叫您大姐喽。大姐啊，您真让我们敬佩啊，在这田里一站就是小半天，我可听说，您做粮食二十多年了。"农民转头看着聂艳华，一阵风吹过，有些冷了，于是他紧了紧上衣，双手抱在胸前。

聂艳华又笑了笑，诚恳地说："我啊，都这般年纪了，就想给消费者提供点儿好米，听说你们这里的米不错，我来看看这块地怎么样，明年我想在这里下点儿订单。你们种地很辛苦的。"

"老农民，生来就得种地，干习惯了。"农民也笑了，"大姐，明年要是订单生产，我也想加入。我看您人不错，给您种地，我们亏不着。您在这里做订单，可以放心，我们肯定会好好种的。"

收割机走远了，只剩下聂艳华和几个农民，在漆黑的夜里，借着月光前行。

第
十
一
章

贡米的故事

夜色里，聂艳华跟随着几个农民往村子里走。农民随手撸了一把稻粒扔进嘴里，用门牙一粒一粒地将稻粒切断，稻壳顺着稻粒的断裂处，被脱下来，吐到地上，剩下乳白色的稻粒又被送到牙齿间磨碎……

"嗯，这块地的稻子明天也得收了，水分降得刚刚好。"

"是啊，今年这个品种上得不错，微微带着甜。"农民们一边嚼着生稻粒，一边谈论着。

走到村口时，农民往一个宽敞的大院里一指，说："瞧，这个大院就是关云德家，他是我们村子的名人，是国家非物质文化遗产传承人。前年，他把院子里的一间房子腾出来，做成了民俗博物馆。咱们村出土那个皇粮碑就在他家的院子里放着呢。"

"没错！大姐，您想去看看那碑吗？想看的话，我们带您去。"

聂艳华在田埂上站了多半天，本来有些倦意，但一听要去看皇粮碑马上来了精神："好啊！去看看。"

在几个农民的指引下，聂艳华进了关云德的院子。

民俗博物馆的灯早早便熄灭了，偌大一个院子里只有一间房子的灯是亮着的，聂艳华冲着亮光走进了那间房子。一个老人正在灯下认真地做着剪纸，他身后的一面墙上全都是各种各样的书籍。聂艳华心里一震，在这样一个偏僻的农家大院里，竟然有一个书香如此浓郁的小屋子。剪纸人正是关云德。他听说聂艳华是来看博物馆的，便起身找钥匙给她开门。

走进博物馆，聂艳华一眼便看到了立在墙角的那块石碑。那石碑高约 0.5 米，宽约 0.7 米，汉白玉材质。碑头上刻着鳞状花纹，碑身有 6 个镂空的圆孔。二龙戏珠的图案清晰可见，珠子下方，"皇粮"二字赫然入目。从底部的断痕来看，石碑并不完整，是一块残碑。

　　据关云德介绍，那是 2007 年 8 月的一天，其塔木镇第二中学正在挖地基，准备新建一栋教学楼。在挖掘机的轰鸣声中，一块刻着浮雕的大石块破土而出。拂去泥土，隐约可见碑上有一些雕刻的图案和文字。现场工人中有人稍有常识，觉得这块石头应该有一些来历，很可能还是个什么文物。其中一个认识关云德的工人，知道老关平时爱搞一些收藏，兴许他能够知道这块石头有什么"来头"。于是就把老关叫到了现场。

　　关云德来到工地，一眼就看到石碑上有"皇粮"两个大字。虽然一时还说不清这块碑到底有什么历史，但凭"皇粮"二字和清晰可见的龙纹浮雕，也能大致判断出这块石碑或许与哪个朝代的皇家有一些瓜葛。一开始，他着实兴奋了一阵子，四处找人请教如何破译这块碑的秘密，自己也翻阅一些资料，查找有关线索。但折腾一气，最后还是无功而返，终至偃旗息鼓。随着时间的推移和兴致的渐衰，那块碑也就被渐渐遗忘了。

　　2014 年，长春市粮食局正在打造大米品牌。时任粮食局局长的鲍文明到九台其塔木调研水稻生产，当他在关云德房山头发现这块石碑时，凭借多年读书考察积累出来的见识和敏感，坚定地认为这块刻有"皇粮"字样的碑，日后必会成为这个地区农耕甚至稻作历史的一份铁证。于是，在鲍文明的提醒和倡议下，对这块神秘石碑的研究再一次拉开序幕。

经过吉林省多位民俗、考古、农业等专家的探寻和研究，这块碑的身世终于浮出了水面。关于这块碑最直观的记载便是《打牲乌拉志典全书》。

打牲乌拉，昔日古城。明代海西女真乌拉部所筑，也称乌拉城，在今吉林省吉林市乌拉街。打牲乌拉，满语为布特哈乌拉，打牲或布特哈意为渔猎，乌拉意为江。旧城紧临松花江，清康熙四十二年（1703）为防水患，于旧城之东另筑一座新城。据《清史稿·列传十》载，乌拉部国主布占泰曾势力强大，努尔哈赤将女儿许配给他为妃。布占泰把兄长的女儿许给努尔哈赤为妃。后来，因部落间的恩怨冲突，努尔哈赤向乌拉部宣战，明万历四十一年（1613）灭乌拉国。努尔哈赤取得乌拉国政权后，逐渐统一东北各部成立后金政权，并在布特哈乌拉设置了"打牲乌拉总管署"。

打牲乌拉总管署，原为一般意义的行政管理机构，后来逐步演变为清朝政府采捕、供奉地方物产的专门机构。机构名称也有了变化，改为"打牲乌拉总管衙门"，直接归当朝内务府管辖。总管衙门有品位的官员 69 员，其中三品总管 1 员，四品翼领（即辅堂）2 员，分左右两翼，协助总管统理衙署事务。五品翼领4员，分管采、捕业务。1翼分4旗，每旗设骁骑校1员，共计16员。其他46员。领催以下的官兵4276名。其中领催28名，珠轩头目111名，铺副138名，打牲丁3993名。平时采捕贡品，战时出征打仗。清王朝还规定，打牲乌拉总管衙门"扑贡兵丁由京都内务府分司节制，不与驻防衙门干涉"。为了纳贡的需要，清政府划出"贡山""贡江"。据《吉林通志》记载，打牲乌拉总管衙门的疆域"南至松花江上游、长白山阴（今吉林省通化、白山、延边地区）；北至三姓（今黑龙江省依兰县）、黑龙江、瑷珲；东至宁古塔（今黑龙江省宁安市）、珲春、牡丹江流域"。上下数千里，流派数百支。

《打牲乌拉志典全书》记：清康熙四十五年（1706），乌拉官庄在城西北八十里，设尤家屯官庄一处，张家庄子官庄一处，前其塔木屯官庄、后其塔木屯官庄各一处，蜂蜜营屯官庄一处，合起来共设官庄五处，统称五官屯。同年，打牲乌拉衙门总管穆克登奏报朝廷，请筑仓廒（粮仓）70间，历储仓谷20000石。从书中记载的文字分析，五官屯，也是清内务府在乌拉地区设置的五个官屯之粮庄。在这些地方，由以前发落到乌拉的50户采蜜牲丁中拣选70人充作庄丁，每庄14人，给牛20头，设庄头一人，每丁授地15垧，同时给予农具、种子。这是一种皇家自己生产、自己收储、自己运送的封闭运行模式，所以很多细节除了史书记载，民间少有流传。后来，关云德又查了很多地方志书，从各个侧面推导论证，结果发现前其塔木屯官庄和后其塔木屯官庄的旧址就在今天的其塔木镇。

吉林省社会科学院民族研究所所长朱立春对清朝历史曾有精深研究。据他掌握，打牲总管衙门是清顺治十四年（1657）设立的。这是与当地将军衙门和副都统衙门无涉的四个朝贡衙门之一（与江宁织造、苏州织造、杭州手工业生产朝贡机构并称），为三品大员督管的农副业特产朝贡机构。从天聪三年（1629）皇太极在乌拉设行政机构"嘎善达"，到1912年朝贡停止，设乌拉旗务筹办分处，历283年。除丝绸来自江浙，瓷器来自景德镇，地方风物差不多均出自乌拉街打牲衙门，故称清廷"第二后勤部"。因此，"南有江宁制造，北有打牲乌拉"的说法也广为流传。实际上，沿松花江周围五百里范围内，皆为打牲乌拉总管衙门的采捕区，其中粮食的种植和"供奉"尤为重要。《打牲乌拉志典全书》又记："臣等查雍正七年，奉上谕，查奉天笔帖式等官，仅有奉银，委无奉（俸）米，着赏给奉米，交部议奏。查都京笔帖式所领奉米，均系稻米……"证明稻米作为当时皇族和贵族享用的"贡米"深受重视，并且其中占有较大比例。这样的事实，似乎也很好理解。当时的清朝皇族，从长白山脚下入主中原，虽然一国的资源随其取用，但从情感、根脉和"族性"上说，对从东北，特别是从吉林而来的物产仍有着特殊的意味，那可是家山、家水、家乡的味道啊！

那么，石碑到底从何而来呢？

《打牲乌拉志典全书》中也有记载。当年，供奉给朝廷的粮食也并不是全部运往京都，每年除了运送一部分新米，余下的要就地仓储，以备不时之需。这样就有一个"倒库"的过程，每年"按年收谷三千零二十四石接济丁户，出旧换新，俾免霉烂。"许多年里，仓厫收粮时，为避免"官家""仓耗鼠费"的损失，一直以尖斛征收，俗语所谓尖斗进平斗出。总管云升莅任后，深感此种办法"积久弊生，理应严为整顿"，对世代为朝廷效命的庄丁们太不公平，也不利于继续调动庄丁们的积极性，当然，更有损于朝廷的形象。实如《吉林碑刻考录》中所载碑文之议："私不敢与官争，所以虐为多取，积弊甚属苦累。若不斟定准章，尚复成何体统？"于是，他下定决心"凡本署相沿积习攸关政体者，无不立时整顿"，召集采珠、捕鱼翼校和各庄头，共同议定了新的征收办法，改尖斛为平斛，仓耗鼠费部分，自是难免，因此又议定"按一百四十屯厂……分纳，务归准数，此外丝毫不准多取"。制度是定了，也得到了官民双方的认同和接受，至于能不能很好地贯彻落实是一个大问题，能不能天长地久、不折不扣地刚性执行又是一个更大的问题。云升先生做事是一个有根有蔓的人，干脆，一不做二不休，把制度或规约刻在石头上得了，人心多变而石头不变，至少可在形式上保持着千秋万代永不朽坏。这就是立碑的初衷，书上写得也很清楚："恐时远年湮，无鉴前车，仍蹈故辙，谕有明条，勒碑仓左，以垂久远而肃纪纲。"于是，五官庄各立一碑，以便"其有未身及者，知悉以闻"。这五块碑，立于光绪十年（1884），史上称作"仓官碑"。

刻有"皇粮"字样的残碑，就是当年的"仓官碑"。鲍文明灵机一动，干脆就叫它"皇粮碑"吧，既生动又达意。从此"皇粮碑"便如曾经落难的王子一样，被从杂物堆里扶起，加了基座，也加了罩子，端端正正摆到其塔木"民俗博物馆"的大堂正中，佐证着这个地区大米的历史和身世。

史料记载，来自龙兴之地的优质稻米运往京城之后，因为量很小，所以能享用的范围也很小，一般的皇亲国戚、朝臣是难得一见的。1682 年，康熙皇帝第二次东巡，行至松花江之滨，享用了打牲乌拉总管衙门特意为他准备的白米饭后，即停步沉吟，即兴作诗表达了心中的赞美。按理，这也不过是一段寻常的往事，但事从皇帝而起，寻常也变得不同寻常了。从此，地方官员们的信心和积极性大增，稻谷的种植面积理所当然地随之大增。进献京城的稻米数量大增之后，宫廷里的"贡米"发放范围也随之扩大，可惠及一般的受奖朝臣。就这样，"贡米"的供需关系进入一种相互刺激、正向循环状态。结果，致使这个地区稻米产销形势空前繁荣。据《吉林通史》记载，1778 年，乾隆组织了大队人马东巡，现场御制"五谷诗"，并做了批注："吉林地脉厚，则五谷实滋。稻、粱、稷、菽、麦之类，植无不宜，亩获数石，斗值三钱，故百室盈而四釜充，岁以为常。"至同治十三年（1864），九台地区已经出现了水田 1422 垧。"五官庄"的设立，正是长春地区稻米生产日趋旺盛的结果，也是其日后进一步旺盛的推手。

聂艳华抚摸着这块石碑，无羁的思绪飞到了三百多年前。每年入冬后第一拨在大路上奔驰的车马，不用细问，一定就是"官家"的运粮车。秋收已经结束，农家的车、农家的人、农家的牲口，劳累了一年，现在需要歇息一下了。唯有急匆匆赶往京城的官车，才开始一年中最隆重的远行。车从伊通河岸边出发，车从饮马河岸边出发，车从拉林河岸边出发，车从松花江岸边出发……鞭声、马蹄声回荡于秋日的天空，浩浩荡荡的尘土高高扬起，车过长春州，取道叶赫城，直奔奉天和京城而去。秋水在蓝天的映衬下，变得湛蓝湛蓝；车上的白米在黑土的衬托下，显出美玉般的洁白。纯朴、老实的百姓们，纷纷伸长了脖子，半张了嘴，观望着眼前的情景。他们不知道这一辆又一辆威风凛凛的车马究竟为何而负载奔驰；更不知道车载之物又如何命名。那时，别说东北之外其他地方的人，就是普通东北农民，大部分也以种旱田和"大粮"为主，见不到稻子和大米的影子。由极少数人种植、专供皇家享用的稻米，仍然没有从传说中落到"人间"而成为"日常"和现实。

如今，这昔日的皇粮，终于可以"飞"入寻常百姓家了。

◎ 侯戬总经理以爱的名义承诺，用良知做好粮　赵树根　摄

第十二章

喝山泉水长大的稻子

转眼，又是一年。

聂艳华的身影不断在吉林大地闪现，暑往寒来，风雨晨昏，她像一个忙碌的信使，在河水、农田、大地和粮食之间穿梭。大半生的沉潜与参悟，一定让她窥破了人与地、土与水、水与粮食之间那些相互沟通、相互滋养、相互成全的天意和秘密，但是因为懂得，她保持着恒久的敬畏；因为敬畏，她保持着不变的谦卑。

单单从大米的角度讲，现在的聂艳华已经由一个盲目寻找好米的人，变成了半个品米专家。随着她对大米了解的不断加深，她寻米的范围逐步缩小，由寻找优质米产区，聚焦到寻找贡米产地。

又到了稻子成熟的季节，这一次，聂艳华把目光锁定在柳河县烧锅村水库下边的一片稻田。

这已经是她第六次来到这片稻田了。她随意从田里的哪个稻穗上摘取几粒稻子，托于掌心，以一指覆其上，用力搓捻——初时，尚能感觉到稻粒小小的身体仍然带着来自阳光的温热和山皮砾石般的粗糙；少顷，稻壳破裂，几颗圆润光滑、晶莹剔透的米粒便显现出它们洁如处子的身形。滚落掌心的一瞬，有一丝深远的清凉迅即袭来，如凝固的水滴。

果然，一样的地、一样的水，水库下游的稻苗就格外茁壮，稻子的产量也高，稻粒也格外饱满晶莹，磨出的大米一颗颗如"水头"饱满的软玉，蒸出的米饭口感、味道也就比别处更高一筹。聂艳华心想，这大约是这片水田离水库的距离刚刚好，刚刚好能产出最好的水稻。

聂艳华在手心里捻搓着一颗颗白玉一般的稻粒，心里暗想，这得经过多少艰难的修炼，才能凝结成这一枚枚无声无响的"白玉"呢？这样的玉一般的小家伙儿们，若成千上万颗聚在一处，成袋，成囤，然后伸手一探，便会有怡人的清凉从手臂一直沁入心扉；掬一捧举在空中，让它们顺着指尖落下，则水的形态和神韵便显露无遗啦！那这些玉一般的小家伙儿，将来从"华兴"走出去，又将造福多少个家庭呢！

聂艳华早就相中了这块地。她来来回回地跑了六趟，就是在不断考证、选择、对比，并找相关专家论证。

柳河具位于吉林省东南部长白山区，隶属通化市，是中国绿色名县、重点生态示范县，素有"山上摇钱树，沟谷米粮川，地下聚宝盆"的美誉。柳河县地下半米深处是亿万年沉积的火山岩，成为硒元素的天然供给源。所以，这里一直被指定为长白山火山岩稻米的核心产区。因为柳河县日照和雨量充足，冷泉水灌溉，稻米生长周期相比其他大米长5—10天，更多地吸纳了"天地之精华"，营养和口感都更好。

这一次，聂艳华已经下定决心，在这里建一块有机水稻种植基地，所以，她来之前，便叫了安明星。安明星站在烧锅村的地头上，感受着温暖的阳光和清洁的空气，原本就不大的眼睛眯成了一条弯弯的弧线，他伸了伸胳膊，长长舒了一口气说："这里太好了，就定这里吧。"

安明星是种地的行家里手，得到安明星的认可，聂艳华信心更足了。可是，这土地是农民的立命根本，仅仅是聂艳华看

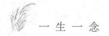

中了并没有用，还得农民愿意租给她。聂艳华没有办法一家一户去和农民谈，只好找到村里。村支书听说聂艳华想集中流转土地集约生产，每亩地的租金又比市场价格高出150元，认为这是个不错的带领农民致富的机会，便一口答应下来，愿意帮助聂艳华协调此事。在闲谈中，让聂艳华没有想到的是，这位村支书竟然是个老熟人，他曾经受到过聂艳华爱人的帮助，只是这些年疏于来往，聂艳华也并不认识此人。

村支书先后多次召开了村集体会议，村民们听到动员后都十分高兴。农民把土地租出去可以得到一笔钱，解放出来的劳动力就可以外出打工再挣一笔钱。一些不愿意外出打工的农民，也可以在聂艳华的基地工作，还可以拿工钱，这样算起来，家家户户就都多了一笔收入。可是，事情并没有想象中的顺利，有那么三五户农民，并不愿意出门打工，自己守家待地种上几亩地，不求多么富有，够吃够活就好了，并不想那么麻烦把土地租出去。村支书又一个一个地做他们的思想工作，算经济账。但是不管从经济上看土地出租是件多么划算的事儿，最后，还是有两户农民不愿意租土地，他们种地不是为了挣更多的钱，而是要有个营生，而且，他们手里一旦没有了土地，便总是觉得心里不踏实。

◎ 聂艳华与挚友艾清华老师（左五）、"华兴"员工在柳河基地体验秋收　赵树根　摄

聂艳华看好这片没有污染的土地，是要搞有机种植的，有机种植对种植管理要求非常严格，不仅对水土空气都有严格标准，最重要的就是水田要成片，周围要有绿色种植作为隔离带。如果水田不成片，根本无法实现有机种植。所以，只要有一户农民不同意流转出租土地，聂艳华就无法在这里搞有机种植。

聂艳华有些上火了，这是几年来，她唯一相中的可以搞有机种植的土地，这里有她的使命和梦想，也是"华兴"的命运啊。村支书和会计眼睁睁看着一个带村民致富的途径要被这两户农民阻断了，更是着急。但是谁也不能违背农民的意愿，此事只能暂时搁浅。聂艳华带着无限的遗憾回到长春。

一天，聂艳华正在接待外地来的客人，突然接到了村支书的电话。

"大姐，你来吧！你来种地吧！我想到办法了！"

"啊，是吗？太好了。"聂艳华高兴极了，挂了电话便带着安明星赶往柳河县。三个多小时的车程，聂艳华一点儿都不觉得累，倒是觉这天更蓝，云朵更白，路边的小花开得更艳了。

聂艳华到烧锅村的时候，村支书刚和村民谈好。原来，村支书为了不错失这次带村民致富的机会，把自己家最好的土地与一户不愿意租土地的村民互换了，为了让农民安心，他还多给了农民一些土地面积。这户农民用自己的水田换了一块更大更好的土地，自然满意了。另一户农民依照这样的方式，与村会计互换了土地，他也一样，得到了一块又大又好的土地。

聂艳华听到这个消息后很感动，没有想到村支书和会计为了促成自己的事做出了这么大的牺牲。

"大姐，没关系的，我一方面为了促成您的事，更重要的是，在这里搞有机种植，可以带富我们村的更多农户，我们作为村干部，就应该支持您。"

这个黄昏，聂艳华决定在小村子里住下，就住在她稻田边的民房里。

如果让聂艳华来准确地描述这个黄昏的美，那实在是太困难了。有很多时候，美是寂静的，难以被传达，更难以被描绘。这是一个人所有器官同时被打开后的整体感受，它有颜色、有质感、有气息、有味道、有声音，并且，它还可能包括了记忆、想象、幻觉、情绪等的参与，使得那一时刻，成为极其隐秘的私人体验。

如果非让聂艳华来概括这一段美丽的体验，她只能告诉你，这是一个金色的黄昏，一个在水稻田边的金色黄昏。

此刻，有二十几种虫子在吟唱，它们一定都在以最为舒服的姿势在吟唱着，要不然，怎么能那么自然，那么美好呢！聂艳华拿出手机，对着田埂录了一段，然后，再打开播放的时候，不知道为什么，至少有十七八种声音消失了。大自然的美，果然是无法传递的，你只能自己亲自来，把心敞开，把那些平日里放不下的念头统统放下，然后，你才可以听到那么多的虫子在为你歌唱。此刻，聂艳华听到了，因为她的心，无比平静，不染纤尘。

太阳渐渐落山。田野渐渐暗下来。青黛色的炊烟在村庄里飘起。聂艳华住的农家刚好收了新米，农民用最朴素的方式把米简单磨了一下，米的表面还带着少许的米糠。农妇包着彩色的头巾，站在门口用簸箕一簸一簸，黄灰色的米糠禁不住风力，便从簸箕前端飞了出去，只剩下那些处子般的米粒在簸箕里，米粒的右上方还顶着一个小小的黄点，这小小黄点可了不得，农妇说，这水稻出芽全靠这小小的黄点喽。一口大铁锅烧得正旺，新割的柴火还有些湿，农妇用去年的旧柴将火点着，又填了新柴。火在灶坑里越烧越旺，发出"嘎嘣嘎嘣"的声音。农妇在水缸里舀了瓢凉水，将米淘了几次，便下锅了。锅开了，银色的铝锅盖四周都冒着热气，灶坑里的火还旺盛，农妇拎起一根烧火棍，将火从灶坑里剥离出来。农妇对聂艳华极为热情，蹬着木梯子去仓房里找那一小包咸鱼。那是夏天时在水田上面的小河沟里用竹筐捞的野生小鱼，收拾干净以后，便撒上盐，晾晒在日头下边，大约也就三个中午吧，小鱼便成了硬硬的鱼干。农妇一直没舍得吃，等来了尊贵的客人，才拿出来给客人尝尝。灶坑的火被剥离到灶坑口，农妇将其拍平整，借着火炭将小鱼一条一条摆好。锅里的饭香弥漫了整个屋子，很快，小鱼的鲜味也出来了，聂艳华从来没有闻过这样的饭香，又混了这最原始的烤鱼的味道，她简直难以置信，这是何等美味！她顿时觉得饿了。

晚饭很简单，新柴新米、咸鱼干、园子里的几种小菜和一小碗鸡蛋酱。但聂艳华觉得这是自己这辈子吃过最好吃的一顿饭。农妇说，这里的稻子要比其他村子的好吃几倍呢，世世代代在这里长大的人都知道，这里的稻子是喝着山上流下来的山泉水长大的，那水又甜又干净。

山里的夜很黑，真的是伸手不见五指，正是这黑幕一样的夜，把天上的星星显得更亮了，像歌里唱的那样，如钻石一般。聂艳华心里想，这星星可比钻石亮堂多了，这世界上哪里会有这么漂亮的钻石呢！

叮咚！聂艳华的手机微信提示音响了，是公司里新来的几

◎ "合十"基地水库晚景 赵树根 摄

个年轻人发来的几段小视频。聂艳华点开一看，视频里陈延峰利用下班时间，正带着员工们将一些废弃的货架子重新组装，在办公楼空闲的一楼支起了一个商品展示的陈列架。这样，一楼空着的地方就变成了一个粮油超市，不仅可以销售也可以体验。这一两年里，聂艳华太忙了，她忙着寻找好地种水稻，办公楼的一楼一直空闲着，也顾不上布置。看着几段小视频，聂艳华感动地掉下了眼泪。"这就是'华兴'人啊，他们永远这样踏踏实实、兢兢业业地为'华兴'的发展而努力着，他们从不计较多上了几个小时的班，多付出一些时间和汗水，他们一心想的就是让'华兴'更好。"聂艳华的思绪被这几段小视频带走了，带回了从前的时光。自从聂艳华一个人踏上了寻找好大米的路，员工们渐渐了解了她的心思。虽然她从来没有和员工交流过她内心最深处的想法，但是大家还是理解她的。她一个人默默地走在乡里、田间，不辞辛劳，绝不是因为钱，而是为"华兴"找一条出路。"华兴"的出路，其实就是他们每个人生活的出路。员工们默默感动着，也在心里十分敬佩这样的董事长，这样的大姐。有一次，安明星在分享会上分享最近自己的成长，一向不善言谈的他竟然掉下了眼泪。他说："董事长年纪不小了，身体又不好，下乡的那些苦，大家想象不到，有时候，

我看着大姐的背影都很心酸。我舍不得大姐这么辛苦。""是的，董事长每次去我们店里，都会问我们店里冷不冷，嘱咐鞋子要穿厚一点儿，不要着凉……她把公司的车用来接人送货，自己常常坐着公交车处理业务……"聂艳华心想，员工们因为她做了本该做的事而感动，而这些员工又何尝不让她感动呢！这几年，她要么在外学习，要么在农村找地，公司里的大事小情都靠这些员工们撑着。他们除了自觉地干好自己分内的事，还定期组织学习、读书。每当聂艳华看到她们在开工前读书，然后一起喊着"华兴"的口号时，都觉得自己的努力有价值，自己应该更努力一些。

聂艳华想着，这次找到了自己的种植基地，等第一批最好的粮食打出来，一定先分给"华兴"的员工们。

第十三章
『合十』贡米

水稻基地的生产完全交给安明星了，聂艳华终于可以安心地回到她的"华兴"了。自从走上了寻米的道路，这栋崭新的办公楼她太久没有回来了。

聂艳华不在的日子里，公司依旧有条不紊。在"华兴"，利他思想已经越来越深入员工的心，员工们对"三耳马"面粉的感情越来越深，除了自己家里、亲朋好友家里都吃"三耳马"之外，为了让更多的人吃上这样的好面粉，他们自发分成小组，每天早上轮班来公司蒸花卷，再将热乎乎的花卷送给早起上班的路人品尝。

"我们的面粉没有添加剂，都是麦芯提取的。我们公司就在马路对面！"每一个清早，在人民大街上、卫星路上都会响起这样清脆而快乐的声音。

是啊，这声音的确格外悦耳，因为这声音背后的那一颗颗心是热的，那一颗颗心里想的不是如何把面卖掉，而是希望更多的人吃上更健康的粮食……

对于聂艳华来说，没有哪一个画面比这更让人感动了。虽然，李久亮加工的面粉质量越来越好，但是为了更好地替消费者把住加工关口，也为了不辜负这些善良的员工，聂艳华还是要定期或不定期去检验一下。

"刘东勋，你去店里抽一袋面拿质检站去测测，看看有没有添加剂。别忘了和质检院讲讲价，咱们常年检！"聂艳华还记得多年以前，质检院曾给她提供过免费服务。

"董事长，您不是人大代表吗？您先给对方打个电话，是不是好办事？"刘东勋说。

"人大代表是替老百姓发声的，不是用来走后门的！"聂艳华有些不高兴，这么多年，她从来不会利用这个头衔去处理生意上的事，她甚至从来没有向别人提起人大代表这个身份。

很快，刘东勋便耷拉着脑袋一副不开心的样子回到了公司。

"还讲价呢！人家不给检，说没时间。"

"怎么会这样呢？咱们主动花钱检测还不给检？"聂艳华有些生气。

晚饭时，聂艳华便和爱人提起了此事。

"不能吧。或许这段时间太忙了吧。明天我找朋友帮你问问。"聂艳华的爱人安抚着她。

第二天，聂艳华拎着一袋面粉亲自去了质检院，直接找到了一位姓周的主任。

"您想检测哪一项？"对方问。

"哪一项？我全都想检测啊，什么添加剂都不能有。"聂艳华很认真地回答。

对方笑了，说："每一种添加剂的检测方式不同，您得说出哪些项，我们才能检。"

这可把聂艳华难住了，她哪里知道面粉里那些添加剂都叫什么啊！正当她犯愁的时候，突然想到了那些面粉厂家，于是便打了几通电话，终于把要检的项目问全了。

"这么多？"工作人员叫来了同事，认真研究了40多分钟，才又将聂艳华叫来。

"您要求的这些项目都可以检测，需要收费2760元！"

"天哪，这么贵啊。"聂艳华当年也做过这种添加剂的检测，检的是过氧化苯甲酰，一次才收了 270 元，她那个时候都觉得贵，还求人家给减免呢。现在，竟然足足高了 10 倍，如果检查 10 次，那就需要两万多块钱哪。聂艳华心里嘀咕着，嘴上便不自觉地说了出来。

"您还嫌贵？您要不是找了我们书记。贵贱我们都没时间！"对方口气有些不客气。

聂艳华激动了，说："你们为啥没时间，你们不就是干这个活儿的吗？我们如果是消费者，就想知道产品里有没有添加剂，就想明明白白消费，你们还不给检吗？"

对方一听，有点儿蒙，说："那你为什么来检测呢？"

聂艳华把自己想做无添加剂面粉的愿望原原本本讲了一遍，接着说："但是你收费这么高，我也检不起啊。"

"啊，原来是这么回事啊！我以为你摊上事儿了，要打官司，需要我们出证明呢！我也是一个消费者啊，有你这样的老板我们吃得也放心了！"对方笑了，接着又说，"大姐，你把面放在这儿，我和领导汇报一下，看看你这种情况怎么办。"

聂艳华走了以后，工作人员马上向领导做了汇报，请示是否可以减免费用。

　　院领导听完汇报后说："咱们一定要支持这家企业，把这件事做下去，至于收费问题，多点儿少点儿，收与不收，你们看看相关规定和惯例。"

　　很快，聂艳华收到了回信。

　　"大姐，我们张院长说，一定要支持您把这样的事做下去。但是，我也没有免费给您做的权力。那我就收您个成本价吧。以后啊，凡是您来检测，都收您成本价。"

　　聂艳华听到这个消息后特别感动，她同时也感觉到了更大的支持。

　　自从找到了自己的使命，聂艳华便一门心思往前走。自己走得对吗？有时候她也犯嘀咕，她的决策不仅关乎自己、家庭，而且关乎一个企业一百多人，一百多个家庭呢？

　　质检院的支持，更加坚定了聂艳华的信念。只要你做的是正确的事、利他的事，就会得到社会各界的支持。

　　高兴之余，聂艳华不知不觉便将双手合十放于胸前。

　　在她心里，作为一个粮食人，一定要有敬畏心，敬畏天、敬畏地、敬畏生命。心怀敬畏，便不自觉常常双手合十立于天地之间，仰望着天空，每次这样，她似乎总能获取一些精神力量。

　　这一天，聂艳华突然有了灵感，就用"合十"作为大米品牌吧！用"双手合十"这样的虔诚之举、敬畏之心要求自己、鼓励自己，无论这一条粮食之路将会遇到怎样的艰难与困苦，她都要走下去，都不失这一份虔诚与敬畏。但是，两个字的商标太难注册了，对于粮食来说，三个字的商标都已经不好注册了。聂艳华立刻给负责注册商标的同志打了电话，让她想办法把"合十"注册下来。负责同志迟疑了一下，说："大姐，我尽力吧，两个字的商标太难注册了。"

　　很快，聂艳华得到了回复。"合十"可以注册。喜悦、幸福……聂艳华说不清自己是怎样的心情，总之，事事顺利，事事开心。她马上开始着手设计包装。这是她第一次做自有品牌的大米，完全没有任何经验。

　　"我这么好的米，一定要有一款能配得上它的包装。"聂艳华又走上了找包装的路。她在吉林省内找了很多家设计公司，没有人能满足她的要求。或许是因为她心里并没有什么具体的要求，她只是一遍一遍告诉设计师，她的米是种在曾经的皇粮贡米产地，那土地黑油油的，是东北最好的一块黑土地。她的米是喝着长白山山泉水长大的，不仅吃起来香甜，还富有很多其他米没有的矿物质。她的米生长的环境特别好，它们都长在一个四面环山的山窝窝里，没有任何污染。她的米的品种也是最好的，她从黑龙江五常背回来的种子。总之一句话，她的米是东北最好的米。有时候，她担心设计师对她的米没有感性认识，还背着米和锅给人家做上一锅米饭。聂艳华太喜欢自己的米了，她绝不能让这么好的米，因为包装问题而掩盖了它的卓越。最后，聂艳华终于在浙江做了第一批包装。

一切准备就绪，只等基地的米收获。而此时的安明星正整日地发愁，有几次不得不赶回长春找到聂艳华。

"大姐，这个有机种植成本太高了，怎么办呢？"

"没关系，明星，咱们就一个标准，用最好的土地，种最好的米，成本的事儿你不用考虑。"聂艳华每一次都给他打气。

秋天临近，安明星又来了。

"董事长，我必须得和您郑重地汇报一次！"安明星拿出了一个小本子，上面密密麻麻记着日期、工作细节，以及一些账目。然后，他一笔一笔读给聂艳华听。聂艳华不懂种地的细节，但她听清楚了，听明白了，她的基地因为实施有机种植，一方面种植成本成倍地增长，而另一方面产量却降低了不少。

聂艳华想了想说："明星，安心等着收获吧。今年，你的任务不是挣钱，是赔20万。"聂艳华说。

◎ "合十"贡米有机种植基地　赵树根　摄

安明星听了聂艳华的话，扑哧笑了，"大姐，一共才那么点地儿，哪里能赔那么多啊！大姐，那地一直是我负责种的，让您赔钱，我这心疼着呢！"

"没关系，明星，你只负责种出最好的米，其他的我负责！"聂艳华给安明星吃了定心丸后，安明星便又回到基地去了。而聂艳华不得不为大米销售做好准备。

聂艳华利用自己庞大的销售网点进行了初步市场调研，目前，商超销售的米，多为 20 斤装，价格一般为 110 元左右，贵一点儿的卖 115 元左右。而聂艳华初步核算她种稻的成本就远远超出了商超的销售价格。这成本里还不包括从柳河基地运往长春的运费等。

为什么别人的稻花香可以卖得那么便宜，而聂艳华的成本却那么高呢？聂艳华百思不得其解。一位有着二十多年销售经验的销售员告诉聂艳华，有一种办法能让大米的成本迅速降下来，而且外观上根本看不出来。这是很多销售商降低成本的办法。

"那是什么办法？"聂艳华问。

销售员说："用长粒米勾兑一下，从外观上根本看不出来任何区别，一些并不懂米的消费者也吃不出来。"

"啊？！"聂艳华以为销售员有什么好主意，没想到竟然是这样。她有些不高兴了，说："咱们'华兴'的使命是什么？咱们卖米的意义是什么？咱们能把安总辛辛苦苦种出来的好米当成调味剂一样，掺杂着卖吗？就算是消费者不知道，我们的良心能不知道吗？"聂艳华早就听说了这种勾兑米的方法，但她从未动过这样的心思。今天，销售员一说，她的确有些生气。

包装做好了，安明星的米也下来了，离春节只有十多天，销售大米的任务有些艰巨。聂艳华再次召开销售会议听取大家的意见。销售主管们都不同意把价定得太高，因为这会严重影响销售量。

"人家卖110元，咱们卖160多元，咱们怎么可能卖得出去呢？"

"咱们的米是纯的啊，咱们的米种植成本在这里呢！"聂艳华强调着。

"董事长，这些大米从外表上看都一样，看不出差别来。大家的包装上都写着稻花香呢！消费者无法辨别。"

"咱们的米一吃就知道好不好，所以，必须让消费者先体验一下。我们每个店都做一锅米饭，边体验边卖。"聂艳华执意。

"咱们的店面多在超市里，超市有规定根本不让做饭。"销

◎ 聂艳华亲手播撒健康种子

售员执意不同意提价,更不同意做饭。

聂艳华不相信,她这么好的米卖不上好价钱,执意把价格定在每斤 6 元以上。

聂艳华每天早上 10 点左右都会给几个店面的店长打电话询问销售情况,但是几个店面都没有任何反应。聂艳华的最后一个电话是打给门市部主任李淑艳的。

"大艳啊,今天做饭了吗?"

"没有,董事长。"

"今天为什么没有做饭呢?消费者只有吃到咱们的米,才能比较出好与坏呀!"聂艳华说。

李淑艳反对这样的定价,更反对在店里做饭。她说:"市场里不允许做饭!"

在做饭的问题上,聂艳华从来没有过多的坚持,她担心如果店面坚持要做饭可能会被所在市场拉电闸,冬天的东北这么冷,一旦没有电取暖,员工就会挨冻。所以,对方每次说市场里不允许做饭时,聂艳华只能沉默。春节快到了,基地那么好的大米竟然一粒没有卖,聂艳华着急了,说:"我们做饭的话,他们会怎样呢?"

"罚款啊!"李淑艳答。

聂艳华一听到罚款两个字，心一下子放下了，说："罚多少啊？"

"200 块呢！"

"大艳啊，罚款也得做饭，只有做饭，消费者才知道哪一种米是货真价实的。今天就开始做。"聂艳华坚决地说。

无奈之下，李淑艳只好带着销售员们边做饭边卖米。

让李淑艳没有想到的是，一锅香喷喷的米饭还没出锅，便开张了。李淑艳等销售员一看这么贵的米竟然开张了，信心一下子上来了，几个店才开始同时做饭卖米。第二天，临河街店便又卖了 960 袋。紧接着交通银行等几个大单位的订单也来了。

有一天，一位女士来订 4000 袋大米给员工发福利，可是聂艳华的批发点上只有 1600 袋，所有商超已经铺下去的货都调回来，也只能凑 2000 袋。

原来聂艳华让各个店的促销员卖米时，他们因为贵都不愿意接货。这几天，新米卖得好，大家都不愿意把手里的货调走。为了满足顾客的要求，陈延峰经理在单位的群里发了一封倡议书："大家一定要以大局为重，这样一个客户，一次就买 2000 袋，这就像 2000 个种子一样，只有更多的人吃到了我们'华兴'的合十贡米，我们以后的路才会走得更稳，希望大家能根

◎ "华兴"人为高考考生护航 刘薇 摄

据自己的库存，尽早将米调回总部……"

很快，2000 袋米便准备好了，这位女士虽然没有如愿买到 4000 袋，但是 2000 袋也已经让她很满意了。

谁也没有想到，刚刚上市的新品牌竟然有这么好的销路。这说明了什么？说明我们的市场，太需要货真价实了！聂艳华在心里自问自答。

第十四章

功不唐捐

生命本没有意义，你给它什么意义，它就是什么意义。

古人说："信心可以移山。"又说："只要功夫深，铁杵磨成绣花针。"你不信吗？当拿破仑的军队征服普鲁士占据柏林的时候，有一位穷教授叫作费希特，他天天在讲堂上劝他的国人要有信心，要信仰他们的民族是有世界的特殊使命的，是必定要复兴的。费希特死的时候（1814），谁也不能预料德意志统一帝国何时可以实现。然而不满六十年，新的统一的德意志帝国

居然实现了。一个国家的强弱盛衰，都不是偶然的，都不能逃出因果的铁律。我们今日所受的苦痛和耻辱，都只是过去种种恶因种下的恶果。我们要收将来的善果，必须努力种现在的新因。一粒一粒地种，必有满仓满屋的收获，这是我们今日应该有的信心。

我们要深信：今日的失败，都由于过去的不努力。我们要深信：今日的努力，必定有将来的大收成。我们要深信："功不唐捐！"没有一点儿努力是会白白地丢了的。在我们看不见想不到的时候，在我们看不见想不到的方向，你瞧，你下的种子早已生根发叶开花结果了！

朋友们，在你最悲观最失望的时候，那正是你必须鼓起坚强的信心的时候。你要深信：天下没有白费的努力。成功不必在我，而功力必不唐捐。

这是 1932 年胡适致毕业生的演讲——《功不唐捐》。

时隔八十多年，在吉林长春一家粮食企业里，胡适当年鼓励毕业生的话正应验着。聂艳华当年在"华兴"种下的种子，正生根、发芽、结果。

销售员杨鸣燕回忆起六年前初来"华兴"时，感慨颇多。

"那时候，'华兴'正在学习《弟子规》，每天早上大家一起诵读，有时候还分组践行、分享。当时我刚加入这家企业，很不适应这种文化，觉得太别扭了。"杨鸣燕毫不掩饰当年的抵触情绪。

杨鸣燕自己做过买卖，也在别的公司打过工，但是像"华兴"这样，把一部分工作时间拿出来真学真干一件与工作无关的事的企业，她还真是第一次遇见。

"我好好干活，公司给好好开工资就好了，为什么总是整这些没有意义的事儿呢！"杨鸣燕刚来公司不久，便听说"华兴"每年带员工出去学习的费用就几十万，十分难以理解，她觉得如果把那些学习的钱分给员工，大家可能会更开心一些。

聂艳华从来没有因为员工们私底下小小的抵触情绪而放弃带他们学习，她坚定地相信，总有一天，员工们受益了，他们就会理解不断学习对一个人的成长、对一个人的人生，甚至对一个人的家庭幸福有多么大的影响。

几年下来，杨鸣燕的心理果然发生了微妙的变化。从前，她感觉自己也是个好人，不做坏事，偶尔帮助他人，这还不算个好人吗？她相信，这个世界大多数人都是好人。几年的学习和实践，她的内心和思想行为都得到了提高和改变。成为一个

更好的人，成了她对自己的要求。她不断完善自己的信念更加坚定了，她在坚定地做一个好人的过程中，对自己的价值更加认可。这个时候，她觉得自己来到"华兴"是一件很幸运的事，因为自己真正得到了成长。

杨鸣燕从来都是一个孝顺的孩子，但是因为性子直，有时候和父母说话就会急躁，心情不顺时，还控制不住冲父母吼两嗓子。做父母的都是爱儿女的，儿女有做得不好的地方也都担待了，杨鸣燕一直也没觉得这有什么不妥，一家人嘛。在"华兴"学习孝道的过程中，杨鸣燕突然醒悟了，她开始渐渐有意识地去了解父母想要什么，这时候，她才真正体会到，从前逢年过节给父母送点儿钱，送点礼儿物，远远不够。父母更需要的是她的陪伴和她真心关心爱护他们的一颗心。从此，杨鸣燕很注意和父母说话的态度，真真正正把父母放在心上，工作忙的时候打打电话，不忙的时候，就回家陪父母聊聊天。

那一年，杨鸣燕的母亲得了癌症，手术后回到老家养病，聂艳华得知情况后，打算去看望老人。杨鸣燕的老家在伊通县的乡下，距离长春比较远，聂艳华平时工作辛苦，身体又不好，杨鸣燕实在不忍心让她大老远跑一趟。二人就此事争执了一会儿，聂艳华问："你就说，老人看到我能不能高兴吧？"

　　杨鸣燕答："当然高兴了，只是……"

　　没等她说完，聂艳华便拎起了礼物说："高兴咱们就得去。"

　　看着聂艳华的身影，杨鸣燕感到无限温暖。

　　聂艳华来到杨鸣燕的老家，杨鸣燕的父母都觉得惊讶，平时这么繁忙的董事长这么远亲自来看望他们，他们也觉得自豪。他们嘱咐杨鸣燕一定要在"华兴"好好干，要对得起这么好的董事长。

　　六年过去了，杨鸣燕已经爱上了"华兴"，她已经离不开"华兴"了。用她自己的话说，如果她是小草，"华兴"就是大地；如果她是小鸟，"华兴"就是天空；如果她是一条小鱼，那么"华兴"就是供她遨游的汪洋大海。

　　记得"华兴"自主品牌刚上市，打开市场特别难，可是每当她想到聂艳华每天奔波的身影，便感觉浑身充满了能量。"我们董事长那么辛苦是为了什么呢？以她的财力完全可以退休养老，为什么还要这么辛苦地开创品牌呢？她不就是为了让我们这些员工过得更好，为了让以后的我们有自己的品牌可以安身立命吗？再说，我们这么好的粮食必须让更多人吃到啊！"于是，她马上鼓起勇气，不管是严冬还是酷暑，她匆匆的身影总是闪现在人群当中。

杨鸣燕说，在"华兴"她不再像从前那样，认为自己只是在超市里卖米卖面，现在她是把健康粮品送到千家万户。她和同事们感觉自己已经是健康的使者一样，有一种自豪感。她们找到了自己工作的意义和目的，找到了自己的使命，这让他们觉得自己特别有价值。

杨鸣燕说，她不后悔来到"华兴"，也感谢聂艳华这些年对她的关爱，在她的内心有太多太多的感动，都无法表达。她能做的只有努力工作。

在采访结束的时候，杨鸣燕最后补充了一句："只要'华兴'需要我，我就一直在'华兴'干下去，如果有一天，我退休了，我的理想是还回到'华兴'，哪怕是回来给大家做饭也行！"

不仅仅是杨鸣燕，在"华兴"文化的熏染下，更多"华兴"人的工作和生活都发生了变化。

从前，王云凤一直相信婆媳关系是千古难题。婚后，只要和婆婆不发生矛盾就是万幸，所以，平时最好各过各的，谁也别招惹谁。

王云凤怀孕之后，为了照顾她，婆婆便搬进了她家里。王云凤的公婆都是本本分分的庄稼人，到王云凤家之后任劳任怨，

◎ 2019 年年会，"华兴"员工幸福满满　吴婷婷　摄

对王云凤照顾得十分周到。王云凤感到，其实与公婆相处也没有那么难，以真心对真心就好。但琐碎的生活，总会有磕磕绊绊，婆媳之间总有一些彼此的担待和忍耐。王云凤到"华兴"工作之后，发现"华兴"一直倡导孝道，并且时常举办相关的活动。不管大节日还是小节日，"华兴"都会给员工的父母公婆准备一份礼物。这些礼物虽然并不昂贵，但是样样都是精挑细选十分贴心和实用。这些小礼物，也着实成为王云凤和婆婆进一步拉近关系的润滑剂。

聂艳华常常和员工们说："践行孝道文化，不仅仅是我们中华民族的传统美德，就是从个人利益的角度来说，它也是十分必要的。每个人都有老的那一天，如果我们想有一个好的晚年，那我们必须从现在开始，做好儿女，想老人之所想，急老人之所急。他们的今天，就是我们的明天。"聂艳华的话字字落在王云凤的心上。如今，她也生了儿子，未来，她也将成为一位婆婆。王云凤时常想："我自己怎么才能老有所依呢？"每当她这样想的时候，她就会想到，她的婆婆一定也会有这样的忧虑。所以，她尽量不让老人在她的家里有任何顾虑。

一次，"华兴"要求员工为公婆洗脚，视频要发到公司的群里。有些人不理解董事长的做法，觉得这样做只是形式，真正的孝顺不是做出来的，而是在心里。但是聂艳华不这样想，有时候，形式也可以感动一个人，也可以促进一个家庭的和谐。

王云凤的婆婆已经去世了，公公代替婆婆帮助她照顾孩子，并帮她做好一日三餐。王云凤心里一直很感激，但是又不好意思表达。正好，借公司的活动，给公公洗洗脚，表达一下孝意和感谢。王云凤又不好意思这样做，心里有点儿障碍。儿子放学后，王云凤突然想到一个办法，和儿子一起给公公洗脚，这样就不尴尬了。于是，她对儿子说："儿子，爷爷每天照顾你那么辛苦，咱们今天给爷爷洗洗脚，孝敬一下他老人家怎么样？"儿子十分高兴一口答应了。回到家后，王云凤将公司的要求如实告诉了公公。公公也有些难为情，哪里好意思让儿媳妇给洗脚呢，又不是旧社会，怕是旧社会也很少有儿媳给公公洗脚的吧。虽然有些难为情，但为了完成公司的任务，公公还是同意了。那一天，儿子给爷爷洗了一只脚，王云凤给他洗了另一只。王云凤出去倒水的时候，她偷偷地回头看了一眼公公，公公一脸的感动。

"其实，有时候，我们和父母或者和公婆之间很需要一种表达。只是我们有时候过于羞涩了，或者是我们觉得一家人太没有必要了，所以，我们错过了很多美好的感动。"

那次洗脚的事，公公从未提起过。但是之后，公公对王云凤的态度有了很大的改变。只要王云凤在家，家里的菜便都是她爱吃的。

春节时，公司给每一位员工的老人都准备了礼物。这一年的礼物是每人一顶帽子。王云凤给老人戴好帽子后，又带着儿子和爱人给老人磕头祝新春快乐。这一次，她的公公没有忍住，用袖口偷偷地擦着眼泪。看到公公落泪，王云凤也有些感动，她回避了这一幕，默默地回到自己房间。

王云凤终于在践行孝道的过程中，领会到每一个老人都不容易，他们其实要的很少很少，他们只是希望儿女能尊重他们，理解他们。只要儿女对他们有一点点好，尽一点点心，他们恨不得付出十倍百倍的爱来回馈儿女。而这一点点人生的感悟，正是她在"华兴"学到、悟到的。

和杨鸣燕一样，王云凤也爱着"华兴"，如同爱自己的家一样。一次，因为一点儿不开心的事儿，王云凤打算离开"华兴"，临别前，她觉得舍不得董事长，便来到了聂艳华的办公室。见到聂艳华时，王云凤如同见到了自己的母亲一样，所有的委屈所有的爱都化作了眼泪和一个紧紧的拥抱。那一刻，她像一个孩子一样，紧紧地靠在聂艳华的怀里，也只有那一刻，她才知道，自己有多爱"华兴"，多么舍不得"华兴"。

"华兴"不仅仅有杨鸣燕、王云凤的爱，还有老会计李元元的爱，还有那些即将退休的老员工的爱，刚加入一两年的新员工的爱。对于"华兴"人来说，"华兴"是他们存在的舞台，是家庭美好的后台，是他们提升自我价值的增值器，更是他们安身立命的家。

当很多公司都在为人员流动性大、留不住人才而苦恼时，聂艳华的"华兴"却很少有员工"出走"。有人来向聂艳华取经，聂艳华总是笑笑说："我这里哪有什么经啊，我就是个大服务员，整日想着怎么为大家服好务。"

是啊，"华兴"生死存亡时，聂艳华从没有过退缩，她总是拖着疲惫的身体默默地走在前方，为了让员工得到心灵成长，获得物质和精神的双丰收，她不惜花重金引导他们学习，提高心性，为了让员工们老有所依，她早早为大家买了各种保险……

或许，聂艳华能真正得到员工的心的秘诀只有四个字，那便是——真心以待！

第十五章
金色种子

　　台湾著名的学者、美学家蒋勋说："美，不是一种学问，美，是一种痴。"

　　楚霸王在垓下围困中慷慨高歌，与一生不舍的女人和马告别，留下了一种历史的绝痴。荆轲的"风萧萧兮易水寒"唱出了生命的绝痴。痴到极处，便成为"春蚕到死"的境界。到了近代西方，到了罗兰·巴特，到了福柯，便有了一些对痴的领悟，福柯用《疯癫与文明》一书，指证出痴的巨大力量，那是一种能量强大的创造力，而这种力量，正是在世人所难以理解的境界里产生的。

　　正如，我们很难理解，阮籍为什么走到荒山去，在穷绝的山路上放声大哭；我们也很难理解，陶渊明的琴为什么一根弦也没有，他却在这张素琴上铮铮而弹，他说："但识琴中趣，何劳弦上声。"

　　年近六十的聂艳华已经活出了她一生中最美的境界，这种境界，用她朋友的话叫"着魔"，用世人的话叫"傻"，用蒋勋的话就叫"痴"。作为女人，她已经几年不置办新衣服了，她最常穿的鞋子是十五年前的一双皮鞋，原来的颜色花了，她又重新漆成了黑色。那些年轻时因为不合身而闲置不穿的衣服，如今又重新找出来，派上了用场。有一次，她和朋友到欧亚卖场看销售情况，路过卖鞋的专柜，朋友便拉着她一起试鞋子，她问了问价钱，销售员说："700元。"她说，家里还有，先不买，转身便离开了。侄子送给她一个双肩书包，粉红色，十分好看。她听说那是个国际一线大品牌时，马上要和年轻的朋友调换一下，把品牌的包给朋友背，她背朋友200元网购回来的那个。她的理由是她不认识国际大牌，对国际大牌也不追求，年岁大了，货真价实能用就可以了。爱人利用业余时间帮她装修了又宽敞又阔气的董事长办公室，她"验收"时竟然吓了一跳。"哪里用这么大的办公室呢？这么大的空间，留给员工们办公

　　吧！"大家都劝她，董事长办公室是一个企业的形象，既然已经装修完了，索性就用着吧。她勉强应下了，却从此把更多的时间，给了办公室套间外的小会议桌。以她的身家，竟然对自己如此"苛刻"，难道拼搏了一辈子，不是为了好好地享受余下的生活吗？是的，不是！聂艳华最大的幸福，绝不是坐在功劳簿上享受收获，她立志要做一颗种子，做良知企业的典范，她要把"华兴"打造成北方的一个企业的典范，粮食企业的典范，让"华兴"也能因爱而伟大。

　　正因为有了这样的志向，有了这样的决心，她的一些行为就更让常人难以理解了，她这样一个节俭的，甚至对自己都有些苛刻的人，怎么会出手如此大方呢？她愿意花重金去支持教育。朋友办学，她捐助 100 万现金。听说一些农村孩子上不起学，她一下子捐助了 21 名，并在"华兴"建立了专门资助贫困学生的基金，还鼓励员工几个人一组，资助更多的贫困儿童，而他们资助贫困儿童的钱，都由公司出。她带员工学习每年也要几十万。她打造自有品牌那年，公司盈利不多，但她还是坚持给公司员工颁发各种奖项，开销 40 多万元……

　　聂艳华的愿望、行为，就像一颗种子，种在了"华兴"，种在了"华兴"人的心里，那颗种子，是金色的，时常闪耀着金

◎ 2019 年，"吉林华兴"新家

色的光芒。

　　这个冬天，吉林的天气不太冷，雪也是极少的，像是上天对"华兴"人的眷顾。好让那些忙碌在长春大街小巷的"华兴"人的身影不那么孤单和寒冷。

　　"三耳马"面粉与"合十"贡米在各个超市的销量越来越好，"华兴"人又接连突破了很多个不可能。比如，不到一个月的时间，一群没有销售经验的办公人员开发性地将产品推进了200多家新的地利生鲜超市。再比如，有机种植基地的米，还没收获，就被一个学校全部包圆了。"你们有多少，我们就要多少！"这是"华兴"创建自有品牌以来接到的最霸气的订单，全体员工足足谈论了好几天。安明星一直悬着的一颗心也因此放了下来。平时不苟言笑的他，也整日挂着笑脸上班。

　　聂艳华依旧忙得抓不住影儿，她又开始了新的寻找，就像她给自己的定位一样，她是"华兴"的探路者。这一次，她在为"华兴"的几块基地选种子，要选最好的种子。

　　聂艳华的第一站便是吉林省的公主岭市。这里坐落着吉林省农业科学院的水稻所，这是吉林省水稻育种的核心基地，新中国成立以来，吉林省的水稻好种子多出自这块土地。

　　水稻所就坐落在公主岭市南崴子镇，它的前身曾是日伪时期的种子实验、研究机构。现在看上去，已经有一些简陋和陈旧。

聂艳华是随着一名农业记者来到这里的。这里的稻子早已收割完毕，光秃秃的稻田里覆盖着厚厚的雪。在这片稻田的周围，并没有人迹。对于一个平常人来说，此刻最恰当形容眼前的一句话只能是"满眼的萧条"。

聂艳华在水稻所房舍前的一棵巨大的柳树下见到了张三元。这是全省甚至全国闻名的水稻专家，更是著名水稻品种"吉粳88"的选育人。张三元见面的第一句话便是："怎么样？这就是我的世外桃源！"说话时，他的表情快乐而真挚。聂艳华先是一怔，随后便是深受感动，也深有感触。记者是来采访张三元的，而她是搭着记者的车来寻找好种子的。可就在张三元说出"世外桃源"这四个字的那一瞬间，聂艳华想到了一个普通却又十分深刻的词汇——"理解"。也许，人与人之间、人与事物之间，只有通过正确的理解，才能毫无障碍地沟通，才有切入本质的抵达。一条鱼，只有把它放在水里去理解，那才是一条真正的鱼。张三元，只有把他放在水稻所和水稻所的实验田里去理解，才是真正的张三元。而对于聂艳华自己来说，只有把她放在"华兴"去理解，她才是真正的聂艳华。这便又应验了蒋勋的那句话，这就是痴，痴就是美，就是创造力产生的源泉。

　　张三元的办公室很简单，一张办公桌、一台电脑、一张沙发，连一把多余的椅子都没有。办公桌上堆满各种材料和一把水稻。当他用粗壮又粗糙的手指小心、细致地把稻粒摘下，剥开稻壳，逐层逐次地讲解水稻的结构时，或明或暗的往昔时光、或远或近的人生经历，便随着他娓娓的话语流淌而出。他引领着聂艳华进入了对另一类事物的理解，有关土地，有关庄稼，有关季节，有关水稻，有关种子，有关更加精密的微观世界，也有关生命……

　　20 世纪 90 年代初，吉林的水稻种子多来自日本，这让吉林省的水稻专家有些抬不起头来。1993 年，吉林省终于选育出"长白 9 号"，它不仅解决了吉林省水稻品种的产量问题，同时也解决了适合西部土壤的耐盐碱性难题。从此，吉林省自己的育种渐渐占了优势。新选育的品种糙米率和精米率比日本品种高，碎米率也少了，同时随着日本水稻品种在田间的抗病性越来越差，市场自然而然就做出了选择。吉林自己繁育的稻种，得到大面积播种推广。从 1996 年开始，吉林省农研所又与陈温福院士合作，引进陈院士的材料进行组配，并开始把育种目标设定为优质、高产、抗病。围绕这个目标，张三元每年要做100 多个组配，其中一个重点组配就是"吉粳 88"。在确定母本

◎ 销售员在长春火车站推广"合十"贡米　马致远 摄

◎ 销售员在长春火车站推广"三耳马"面粉　刘薇 摄

时，张三元曾花费很大的心力寻找、选择出抗病特性特别优秀的品种，而父本，则选择了一个株型最好看的品种。"吉粳88"初配在海南完成。当第一代品种出来以后，张三元非常激动，因为这是他育种生涯中见到的最漂亮的水稻，凭直觉，他预感到有一个优良品种即将诞生。接下来，他认真查了这水稻的系谱，确认不是近亲繁殖。为了好好地培育这颗"苗子"，让它成为一个稳定性最好的优秀品种，还没等下一个环节开始，他就已经暗暗地下定决心，不怕费事费时，要把这个品种的优育周期加到七代。回到长春以后，进行第二代优育，出于谨慎，只种了四行。稻子出来后，他左看右看，还是觉得好，不论从叶子开张的角度、叶片的厚度，还是颜色深浅，都招人喜欢。只要没有其他事情，张三元就蹲在地里看他新育出的水稻，有时顶着大日头一看就是一上午，中午叫吃饭才回来，逢人就介绍，特别是在出穗的时候，更喜欢得不错眼珠儿。

第二年，他又在地里种了两行，秋收时选最好的株，优中选优。收完的种子再拿到海南种，一直加种到第七代，都是优中选优。第七年稻子成熟，张三元把稻穗儿拿在手里掂了又掂，脸上露出了满意的微笑。他觉得时机已经成熟，就把新品种拿到省里去审定，一下子就引起了高度认可和广泛关注。第一年推广种植后，"吉粳88"表现出极好的特性。米厂和百姓都认可了，收购"吉粳88"时，宁愿在原价上加3分钱。从2004年起，很多地方都开始种植此稻。2007年当年，仅吉林省就种了800万亩。当"吉粳88"的种子销量猛增时，张三元却坐卧不安了。他马上去各地进行调查，结果大部分农户都种了"吉粳88"，全省推广面积已经达到80%以上，这时，他已经不是不高兴，而是有点儿害怕了。因为每一个品种的推广范围都是有限的，有的土地并不适合种这样的品种，种植后有减产的可能。作为水稻专家，他是要对老百姓负责的，不能让农民受损失。于是，张三元立即给省里打报告，建议缩减"吉粳88"的种植面积，总面积一定不要超过500万亩。

聂艳华听着张三元的讲述，心里不免更加感动，这就是我们吉林大地上的水稻专家啊，一心为百姓利益着想，不为虚名所惑。

对张三元的访问，让聂艳华对水稻种子有了更准确的理解，也让她有了更明确的方向。原来，每一个地块都有自己最适合的种子，好种子要在适合的地块上才能更好地发挥它的优势。

聂艳华接着又拜访了很多育种专家，查找了诸多关于种子的资料。原来，在"吉粳88"之后，吉林有几个水稻品种在全国拿了金奖，有的甚至在国际上都获了大奖。聂艳华继续寻找着，她一定要在开春之前，在这些金奖品种里，找到那个最适合她的，最好的种子。

聂艳华在见到水稻专家孙强时，已经对他的水稻品种"吉宏6"充满了好感。她不仅咨询了诸多水稻专家，还亲自到农民家中调研，并从农民家中取回了一些水稻，用自家的小型磨米机磨出了白亮亮的米。为了种出最好吃的大米，聂艳华亲自用"吉宏6"做了一锅米饭，在大家都觉得口感很好时，聂艳华才决心找它的育种人孙强专家。

这一次访问，聂艳华的收获就更大了。她了解到，现在一些农民所种的"吉宏6"并不纯正，多有假冒套包或有以粮代种的情况，纯正的"吉宏6"最大的特点不仅仅是好吃、黏弹性好、不回生、有自然的香味，还有它更容易留住胚芽。

一粒水稻，主要是由稻壳、种皮、糊粉层、胚芽和胚乳组成。稻米中65%的营养物质和必需成分都积蓄在胚芽和皮层中，稻米中存有的生物活性成分几乎全部聚集在米胚和皮层中；而我们通常吃的白米的成分多是淀粉（淀粉量约占90%）。这么说来，稻米中最重要最珍贵的蛋白质、脂质、维生素、矿物质和膳食纤维，都被人们丢弃了。稻米中所含的数十种之多的营养成分、生理活性成分，以及丰富的酶，有色糙米中还含有丰富的维生素 C、黄酮类化合物、花青素、生物碱、强心苷、天然色素、木酚素等统统都被扔掉了。

　　孙强用"吉宏 6"给聂艳华现场演示了一下磨米过程。他将 500 克水稻放入一个小型磨米机里，轻轻一按按钮，新磨的大米便哗啦啦地出来了。这米的表面，有一层极薄的膜，右上角一个小小的暗黄色的点，便是胚芽。孙强解释说，用这款磨米机，"吉宏 6"的胚芽留粒率可以达到 80%，每 100 克大米的胚芽重量大约在 2 克左右。别看这些胚芽很小，它们是极具生命力的。正是因为有了它们，一粒稻种才能正常发育，长出健壮的植株。1924 年起，日本就陆续生产及食用留胚米，明显改善因维生素 B_2 缺乏而引起的脚气病。目前，我国留胚米属于试验阶段，尽管公认大米胚及糊粉层中含有多种维生素及油脂蛋白、脂肪等，但因为加工理念、保鲜技术与品种选育等严重与市场需求脱节，致使我国留胚米仅仅停留在概念阶段，没有实质性突破。这样看来，"吉宏 6"正在填补这项空白。

　　看着大米上的小小胚芽，聂艳华的心里一下子亮堂了，这就是她要找的种子，一个充满了传奇的种子，一款充满着生命力的米。

◎ 五载公益路 微光谱华章，"华兴"助力公益——"微光行动"（聂艳华 右一）

第十六章
美食与人心

饮食之道，存乎一心。无论是在东方还是西方，吃什么，如何吃，都反映着一个人的人生态度。

2017 年 12 月，千里之外的广东省中山市，一位朴素的东北大姐正小心翼翼地做着米饭。五十多年来，她第一次如此小心地对待一口米饭；五十年来，她也是第一次给这么多著名的厨师服务。今天，她带着千里迢迢从东北背来的有机大米，如同带着要见公婆的小媳妇一样，激动而忐忑。

厨师们礼貌又客气，围坐在餐桌前显得温文尔雅。他们小心地用筷子翻弄了几颗大米饭粒，夹起来送到鼻下闻了闻，又

缓慢地放进嘴里。厨师们先将米饭粒放在门牙处，用舌尖仔细感受它们的软度、香度，以及深藏其中的植物特有的味道；然后，又缓慢地将其填充于整个口腔，让它们与唾液充分接触；最后，将它们卷入磨牙仔细感受米粒的弹性和最深层次的味道。

屋子里很安静，聂艳华——这位东北大姐，尽管对自己的大米十分自信，但此时，置身如此严苛的考场，她心里依然不由自主地紧张。她静静地站在一旁等待着，等待着十几个厨师考官的打分，紧张的情绪让她一直把手里的饭勺握得紧紧的。

"米不错。"过了好一会儿，一位厨师先开了口。

"没想到国内还有这么好的大米啊！"另一位厨师接着说。

"适口性好，而且有一点点儿甜的味道，很迷人。"第三位厨师开口了。

聂艳华长长地舒了一口气，整个心才从嗓子眼儿放回到胸膛里。

"你们平时用的是什么米啊？"聂艳华问。

"最好的泰国香米——茉莉。"一位厨师回答。

"我们饭店的食材都是老板亲自精挑细选的。选回来之后，我们这些厨师和服务员还要再集体品尝考核一次。"另一位厨师补充道。

　　第一场考核结束了，聂艳华提着电饭锅来到了第二个房间，迎接第二考。这一次是由服务员组成的，代表不同年龄层的大众口味考核团。虽然这一场的评审看起来不如上一场的专业，但是一款东北米是否适合中山当地人的口味就看这一考了。而且，它也决定着聂艳华的"合十"贡米是否能最终走进这家中山市地标级的餐饮场所——中山海港城海鲜大酒楼。

　　世界美食在中国，中国美食在广东！改革开放以来，粤菜在国内与国际上都越来越有影响力。对食材的精挑细选、对烹饪技术的不断创新、对"大味必淡"的健康追求，以及对食物的敬畏之心，都让广东的厨师们不断提升自己的匠艺，粤菜文化及美食越来越受到消费者们的青睐。海港城作为粤菜中具有代表性的餐饮企业，用自己精致的菜品传承着粤菜文化。

　　在孙中山的故乡广东省中山市，海港城是多少美食爱好者的梦想之地。在中山人眼里，海港城是经典、匠心、娘心的代名词。而对于年纪稍大一些的人来说，海港城的味道，纯正、有爱，是童年底色的味道。

　　粤菜名厨麦广帆小时候，家里很穷，吃不起肉，有时候甚

◎ 海港城麦惠帆团队"全国寻找最好食材"来到吉林　赵树根 摄
（聂艳华 右一　麦惠帆 右二）

至吃不饱饭。幸好中山有水库，水库里的大鱼头价格并不贵，于是麦广帆的妈妈为了给孩子补充营养，便将鱼头买回家，在汤锅里熬啊熬，熬好了以后，再将鱼头捞出来，剔除鱼头骨，只留鱼肉和汤汁。剔除鱼头骨不仅仅是个技术活儿，更是个细致活儿，考验着一个人的耐力，想来也只有母亲才愿意耗费这么长的时间和这么久的耐心为自己的孩子们熬制一碗营养又好喝的鱼头羹。麦广帆姐弟永远也无法忘记那碗汤的味道。当麦广帆成为一名厨师后，始终秉持着这样的娘心，用细致而精湛的技术制作鱼汤。当然，今非昔比，随着人们物质生活的日益丰富，曾经那碗简单的鱼头羹已经不能满足人们的口味需求，麦广帆既想让顾客找回当年妈妈爱的味道，又必须要跟上时代进步的要求。所以，他们不得不在变与不变之间寻求一种平衡、一种完美。现在，海港城海鲜大酒楼这道"不简单"的鱼头羹多年来始终保持这最纯正、最娘心的味道。

是的，海港城之所以成为中山的美食地标，凭的就是一颗娘心。这个接近两万平方米的餐饮业的巨无霸，正是"中国鲍鱼王子""粤菜南天王"麦广帆先生带着一生的梦想而打造的。这里的厨师不仅仅是将食材变成美味的饭菜，而是化身科学家，随天气时节的变化，在万千物种的大自然中，寻找最佳配方。

在无穷的实验里，破解美食密码。哪怕是一个小小的虾饺，都是食材与手艺高到极致的精华。厨师们在这里用爱与娘心不断创造着各种美食，以匠艺不断展现着他们生命的价值。

然而，最美好的东西一定是经得住风浪洗礼的，一定是在一次次巨浪中被自然、被社会淘洗之后留下的。海港城也一样经历过风浪。

2014 年，全国的餐饮业经历了一次低谷期，高档餐饮业首当其冲。作为山中地标性美食企业，海港城也在所难免。当时，麦广帆的姐姐麦惠帆正是海港城的经营管理者。

餐饮市场遇冷，人员流动大，人心浮躁，难以管理。种种因素让餐饮业越来越难干。好员工不断跳槽，刚刚培养成手的员工也常常是说走就走。麦惠帆该如何引领海港城走出这次行业低潮期呢？她还有什么办法让这个企业拥有更好的凝聚力，让员工们如同建设家园一样建设海港城呢？

不谋全局者，不能谋一隅，麦惠帆不断地反省，不断地反思："一定是自己出了问题，一定是公司出了问题。我们是否真的为员工想得足够多，我们是否真心用爱去对待每一位员工呢？我们是否还可以为员工的发展提供更好的领地呢？下一步，我们该往哪里走呢？"麦惠帆不断地思考，却始终没有找到满意的答案。

　　"学习去！"既然一时没有更好的办法，麦惠帆下决心出去取经学习，提升自身心性。或许，自己的问题先解决了，公司的问题也会迎刃而解。

　　正是这一年，她在"博益明德书院"上了一堂李显峰老师的《总裁悟道》课程。这堂课的理念与她内心深处的追求不谋而合。一个企业人的社会责任，不仅仅是为社会创造财富，还应该为员工和身边的人带来幸福，让他们的家庭更幸福起来。麦惠帆发现，最好的管理理念正源于一份做人的准则，而这准则我们的祖先早早就已经告诉我们了。麦惠帆发现，自己苦苦寻找和追求的答案，原来就在中国那些最为古老、最为朴素的智慧里面。人生的答案，企业发展的答案，都在这迷人的中华民族传统文化里，等待着她去寻找、践行。

　　中国古老优秀的传统文化，是否能为眼下海港城这个年轻、现代的餐饮企业保驾护航呢？作为海港城的当家人，麦惠帆决定试一试。很快，她便邀请了李显峰老师的团队作为文化顾问，全面指导将中国传统文化导入海港城，海港城要利用这次餐饮业的风暴，武装企业头脑，成立学习团队，由麦惠帆亲自带领导大家学习。至此，古老优秀的传统文化便在海港城生根发芽。

　　麦惠帆重新找到了自己人生的使命和追求。她一方面负责带领员工学习，追求精神上的富足和幸福，另一方面踏上了去全世界寻找好食材的道路。去昆明寻找松茸，去最干净的海域寻最健康、最鲜美的海鲜……麦惠帆重新找到了生活的动力和生命更高的价值。

　　"我就是希望更多的人脸上都美美的！"她一次又一次用不太标准的普通话告诉着自己的亲人、朋友，眼睛里是最美的真诚。

　　麦惠帆是在广东盛和塾的大会上认识聂艳华的。两个人在她们共同尊敬又信任的李显峰老师的介绍下彼此有了简单的了解。

　　这一年是 2016 年，传统文化在海港城已经深深扎根，海港城对于自己的进货要求也越来越高，麦惠帆全世界寻找好食材的路也越走越顺畅。在传统文化的滋养下，厨师们怀着一颗娘心，将爱与匠艺倾注在每一道菜里，菜品越来越好，越来越精致，海港城的事业也蒸蒸日上了。

　　麦惠帆决定来参加广东盛和塾年会时，东北刚好进入初冬。聂艳华基地的新米也刚刚磨好，聂艳华随机在袋子里捧了一把，凑在鼻子下边闻了闻，那是淡淡的五谷的香气，是她再熟悉不

◎ 麦惠帆在"合十"贡米有机种植基地感受稻米　赵树根　摄

◎ 海港城与"华兴"合作，在吉林省建立绿色水稻种植基地

过的人间烟火的气息。聂艳华心里的喜悦升腾起来，她似乎看到了安明星带着村里的农民扛着铁锹在田埂上正满意地笑着，她仿佛看到了那些吃米的家庭正和谐美满地围坐在桌前幸福地笑着。每年的这个时候，新米一下来，聂艳华便该启程了。

一些善忘的人，认为大米就该是装在袋子里或者盒子里的白色颗粒，而非从土地里长出来，农民们弯了六万次腰才换来的，来之不易的果实。

那些善忘的人，在人生的路上，走着走着便忘了最初的那颗心。而终有一天，当他们停下冲刺一样的脚步时，蓦然回首，人生竟是一片茫然和不知所措。

这正如一位农民，不去了解自己的种子，而仅执迷于秋天的收获一样本末倒置。

在温热的广东，在寒冷的东北，终究有这样两个人，她们不曾遗忘，人类的根在哪里。我们在春天应该播下怎样的种子，才会有秋天最灿烂的收获。当麦惠帆引荐聂艳华去海港城试米的时候，她坚信的不是聂艳华背包里的大米，也不仅仅是她脚下的黑土地，而是聂艳华脸上的那份坚定和心里的那份良知。

麦惠帆挑选食材的眼光是苛刻的，虽然聂艳华的大米已经通过了厨师们的专业考核和服务人员的大众评审，但这仅仅是感观上的；虽然聂艳华的人品得到了麦惠帆的认可，但这仅仅是感性上的，对于一个正走向更广阔领域的海港城来说，每一步都要极为谨慎。这米的产地怎样？这米在种植过程中管理怎样？麦惠帆不仅需要科学的指标，更要亲身感受。

于是，这一年麦惠帆亲自带着厨师与采购团队从广东飞往长春。他们不仅采购了聂艳华的大米，还与聂艳华合作，在吉林省建立了海港城的绿色水稻种植基地。

于是，从这一年开始，聂艳华的"合十"贡米便走进了广东中山人民的食谱。

结　语

结
语

　　转眼，五年过去了，聂艳华依旧疾行于乡村与城市之间。无论是面对乡村那广袤的大地，还是面对城市里那些虔诚的人心，聂艳华常常因为一些看似普通的细节，或是平凡的话语而感到浑身发热或是泪眼蒙眬。

　　或许，这就是人类最初的感恩；或许，那就是人性深处的悲悯；或许，正有一种从来不曾感受的力量从生命中醒来，那力量就叫爱！

　　聂艳华的生活与追求都极为简单，正是这种简单，让她活得更为纯粹。

　　是啊，纯粹而专注！

◎ 聂艳华与题写新版"合十"标识的吉林省文联副主席景喜猷在"合十"贡米基地

聂艳华的"三耳马"已经有了一群铁杆粉丝,"合十"贡米更是销往了全国更多的城市。最让聂艳华欣慰的是,"华兴"人已经找到了自己人生的定位和目标,并因为自己是"华兴"人而感到骄傲,因为自己每天做的事而感到幸福并充满了价值感。

老会计李元元退休了,退休前半年,她手把手为"华兴"带出了新徒弟,顺利接手了她的工作。

老的总经理也退了,"华兴"的文化与使命,又为其感召来了新一代 80 后、90 后的大学生、研究生。大兵、侯伟、晓佳、李贺、会玲、艳红、张彬、艳玲、小爽、洪敏、小薇、仁影、守平、玉娟、张影……年轻的一代如同一轮轮正冉冉升起的太阳,不断创造着小奇迹。

老员工的持重与忠诚,新成员的勇猛与创新,让聂艳华看到了更远的未来与希望。

吉林省举办高校大学生诗歌朗诵大赛,"华兴"作为支持教育的良知企业,成功获得了大赛冠名权。大赛颁奖的前夜,聂艳华的爱人马永辉即兴作了一首诗——《一粒米的大愿》,并在第二天的颁奖仪式上由"华兴"人李贺朗诵:

在白雪皑皑的冬季

来读诗，

融入了清醒和充实的膛音；

那是爱，是喜，是艰辛，是收获！

"华兴"人，

把一棵稻苗插入土地的时候，

那土——是黑土地上最纯净的沃田，

那水——昆鱼与蟹子的乐园……

水和空气，山与江河，

负氧离子的磁场，神清气爽！

一切皆为心造！

有机的肥料味道

是禾苗的最爱，

从启明星到晚月亮的间隔

你都在水里薅草，

滴滴汗珠付注了大爱的心愿……

小粒香会感谢你，

稻花香会感谢你，

吉林大米会感谢你，

入口的心安与育者的心达

更会感谢你！

因为这是使命，

"华兴"人的使命！

为员工的

精神和物质生活谋幸福，

为百姓奉上放心的粮食，

我们不敢怠慢，

我们一直奋斗在路上，

因为我们爱祖国，

爱我们的人民，

我们认真做

就用这生命的能量——

一粒米

来实现我们的大愿！

　　中国智慧、中国传统文化，给"华兴"开辟了一条新路，一条活下去、活得更好的路。中国人的祖先早就告诫后辈，"滴水之恩当涌泉相报""吃水不忘挖井人"，聂艳华在企业存亡间寻到了一条光明大路。于是，她将办公楼的第三层无偿捐给了"明德书院"，用来传播中国传统文化，让更多的企业、更多的家庭受益。

◎ 谷小雨抚摸一根根稻穗，感受它的成熟与神奇　赵树根　摄

　　2019 年的冬天并不冷，阳光薄薄敷于门前的木亭。聂艳华的订货电话响个不停。而远在东莞的企业家谷小雨此时已经下了飞机，正在赶往"华兴"的路上。谷小雨正操持着一家塑料企业。2006 年，一位她十分敬重并信任的前辈曾告诉她，让她到东北做粮食生意，造福更多的东莞人。那时，她的塑料生意正蒸蒸日上，谷小雨无论是在东莞本地，还是在香港的业界都小有名气，她考虑了再三，还是舍不得放下手里的一切。近几年，受国家宏观政策的影响，谷小雨的塑料厂失去了往日的辉煌，谷小雨正寻求转型之路。时隔十多年，谷小雨再次受到指点—— 一定要来东北做粮食，主要做大米。谷小雨多方打听和考察便选定了聂艳华，她打算在东莞开一家吉林大米直营店，这一次，她便是前来商定装修等细节的。

　　聂艳华站在门前等待着谷小雨的到来，员工们正忙着将一袋袋大米装进快递的车里。看着他们的背影，聂艳华感受到，在这漫长的人生当中，她已将生命中的每一丝热情、每一缕灵感、每一个美好的想法与寄托都倾注到这一袋袋的粮食里。

　　午后的阳光暖暖地照在聂艳华的脸上，柔和而美好，此刻聂艳华正在心里许了一个心愿：只愿，那一天，我去的时候，能比我来的时候，更为纯粹、干净……

亲友寄语

真心通天，诚意无敌

"华兴"公司的聂艳华董事长给我的第一印象就是真诚。我想，凡是与她有过交往的人都会被她那股真诚劲儿所打动。

一个做品牌面粉的经销商，居然要做自己的品牌面粉甚至品牌大米，而且经历艰辛后，终于获得成功，靠的就是"真心通天，诚意无敌"这八个字。

用"三耳马"做面粉的品牌名，赌上自己夫妇的姓氏，目的很单纯，就是要为消费者提供一款无添加剂的面粉。聂艳华在走访一家面粉厂时，被一股刺鼻的怪味所吸引，厂家告诉她，这是给面粉增白的添加剂。后来，聂艳华把一年半收集的各种添加剂装入小瓶，让公司员工们轮流闻，问他们想不想吃有这种添加

◎稻盛和夫（北京）管理顾问有限公司董
事长曹岫云

剂的面粉，是否希望自己的家人吃这种面粉。众人自然摇头。

"既然我们自己不吃，自己的亲人也不吃，我们能卖给消费者吗？""消费者不明真相，我们不能揣着明白装糊涂。"

特别是在接触稻盛经营哲学以后，聂艳华具备了更明确的判断事物的基准——作为人，何谓正确。"每干一件事儿，都要问问这件事儿对吗？如果对，我们就去做，多难都做；如果不对，我们就放弃，多挣钱都不做。"

就凭着这单纯的信念，凭着满腔的真心诚意，凭着吃苦耐劳的精神，聂艳华与华兴的干部员工、与农家、与生产厂家、与超市、与消费者、与政府部门、与地区社会等等建立起了牢固的信任关系。"三耳马"麦芯粉一炮打响，"合十"贡米也走红市场。

做产品需要专门技术，做市场需要战略战术。然而"百术不如一诚"。只要诚心诚意，具备专业技术的人会聚来，适合市场的战略战术也会应运而生。这是聂艳华的经验之谈。

凭着真诚和热情，聂艳华还发起建立了长春盛和塾，为吉林的企业家学习稻盛和夫的经营哲学建起了一个平台。在此，我要向聂艳华董事长表示感谢。

稻盛和大（北京）管理顾问有限公司董事长　曹岫云

亲友寄语

一个追求灵魂纯粹的人

　　读书就是读人，聂艳华——我喜欢读的人。她质朴无华、素直简单、纯粹善良、大智若愚的独特魅力让我觉得好耐品、好耐看。

　　我是在"盛和塾"里认识艳华的。我们都是稻盛和夫先生的粉丝。我和她多次一起参加企业家的经营报告会，她认真学习的态度和虚心请教、孜孜不倦的精神，与她不够强健的身体形成了很大的反差。她虽然眼睛不好、腰不好、身体常有不适，年龄也快六十岁了，但她让我们看到的却总是甜甜的微笑和谦卑的姿态。和她在一起，我们被不断地感动着，也变得更加自律。

◎ 重庆市行知职业技术学校校长吴安鸣和聂艳华合影留念

　　我和艳华之间的交往有很多暖心的事，特别是其中的三件事，给过我很深的触动，让我记忆犹新，难以忘怀。

　　第一件事发生在我第一次去她公司的时候。当时，我和她的员工们一起在她公司吃晚饭。我感觉自己好像又回到了学生时代、回到了校园，一点儿陌生感都没有。二十多个员工，自己做饭，共同分享。切菜的、洗肉的、煮饭的、摆桌的……分不清谁是管理者，谁是普通员工。喜悦、安定、民主、和谐、自由、自信的团队氛围是自然而然地流淌出来的。我注意到一个细节，吃饭的时候，并没有按职务等级排座位，大家都随意坐。聂艳华作为老总，也没有先固定自己的座位，也没有刻意挨着我坐。大家无拘无束、风趣幽默、开怀畅饮，亲切自然。她像妈妈一样，一直笑眯眯地看着每一位员工，不时地称赞着他们的手艺、能力和优势。整个过程，没有人打官腔，也没有人讲大道理，只有美食、笑脸和亲情，却让我看到了每位员工欢喜地收获了物心双益。员工离开后，她认真地和我交流了很久：哪一位员工的婚姻情况需要关心；哪一位员工孩子的上学问题需要帮忙；哪一位员工的父母生病需要照顾；优秀年轻的人应该怎样培养……然而，她仍然没有谈自己、没有谈生意，只有他人、只有爱意。

第二件让我难忘的事，是我和艳华一起去延边朝鲜族自治州。我很小的时候就对这个少数民族充满了好奇，终于在六十一岁的时候，托艳华的福，有机会来到了长白山脚下的朝鲜族村寨体验生活。进到朝鲜族农人的房舍，我好奇地观察他们的建筑风格、土特产品、服装服饰、民俗风情，等等。而艳华关心的都是"种的什么稻谷？""收入好不好？""有什么困难吗？""种植水稻过程会遇到虫害吗？""你们对未来土地种植有什么想法？"……我看到她和农人们交流时，习惯地拉着他们的手，像久违的亲人一样。对年老的农民称呼"大哥啊""大姐啊"，对年轻的农人都叫"孩子啊""姑娘啊"，让人心里温暖满满。我清晰地感觉到，从她心里流淌出来的浓浓爱意，又流进了农人们的心里。记得我们俩走到村头的路边，看到一个老农民坐在一条长木凳上，她便走了过去，挨着他坐了下来，问他多大年龄，家里有多少人，做什么事为生……农民告诉他，种水稻，村子离城市太远，价格不高，收入不好时，她拍着他的肩说："老大哥，别难过，我可以帮你。咱们这里的环境最适宜种植水稻，我们一起来种最好的稻谷，我帮你们运出去。""真的？""真的。"他们说着又一起去了田间，看了稻谷，谈了好久。我一直静静地看着、聆听着，我看到了两个人眼里的光芒，听到了两个人心里的和声……

第三件让我感动的事，就是她对稻米的那份爱，犹如对生命的敬畏。在艳华心里，稻米是有意识、有生命活力的植物，也是她贡献社会的艺术作品。和她在一起，谈到稻米、看到稻田、碰到农人，她的眼神、笑容、举止都会有满满的幸福感。她对稻米爱的方式是感恩和呵护。她用感恩与稻米对话、向稻米致礼。每顿饭前，她都会双手合十，表示感恩。她说她要和农人们一起种出最具口感、最具香气的稻米来服务人类的健康生活。

这些年来，她走遍东北三省，就是为了找到最好的稻米、认识最好的稻农、结盟最有情怀的稻谷科研人员，用自己的爱心和真情传递合作实意，共建发展平台。她自费做了太多的善事，她用不能走长途的双腿，走访了数百户农家，推广自然农法技术和普级粮种知识。她把既生态环保又清香可口的大米送到幼儿园、学校、老年福利院和各大商超，希望更多的人认识无农药、不用化肥种植出来的稻米是什么样子的。她特别在乎孩子们的健康，因为她说孩子是祖国的未来。她从中国的最北方走到最南方，去传播绿色有机环保的稻谷理念。即使自担费用、不被农人理解，她也从不报怨、从未动摇。每每遇到困难和压力，她总是谦虚地说"是我努力不够""我的智慧不足，能量不够，还要精进才行"……

她帮助了很多人，做了很多善事，却始终像熟透的稻谷一样，微弯着腰，低调自律。她总是不断地通过各种学习、拜师和实干来修炼和升华自己。她经历了很多磨难，却无怨无悔；也获得了很多成就，却从不张扬；她付出了很多，从不要求索取，她就是这样一个灵魂干净的人、一个良知纯粹的人。她内心的强大源于她心怀感恩，她对于一生挚爱她的先生、无限敬爱她的儿子、无比尊重她的家人、忠诚爱戴她的员工，她对于自己无比依恋的家乡、相依相助的种稻人、无数信任她的好朋友，以及自己无限热爱的祖国，都有着渗透进骨髓血肉里的感恩之情。

她是一个胸怀稻米理想的人，也是一个用自己的生命去种植、加工理想稻米的人。

重庆市行知职业技术学校校长　吴安鸣

亲友寄语
纯朴到厚实

　　与艳华相知很深的好朋友们，都觉得快六十岁的她有些"可读"的味道了，于是策划着为她写本书。特别是吉林日报社的知名记者孙翠翠，她把艳华看成是自己的大姐，几年深处下来，凭着特有的职业素养、相似的使命感，以及同样善良的心，使她对艳华了解得很深很透。再加上对语言的驾驭和表述上的见长，孙翠翠执笔的这部几万字的报告文学就诞生了。

　　什么事情都有机缘，一次偶然的机会，孙翠翠与"新时代先锋者"系列丛书的韩山寺主编相遇，相谈中得知了这部报告文学的内容，悄然间就入了韩山寺主编的法眼。这种同频共振，一拍即合……

◎ 聂艳华与爱人马永辉

艳华是长春市绿园区第十七、十八两届的人大代表，但她很少和人提起这份荣誉，也从不在名片上增加这个头衔。她说，"人大代表"是她服务人民、服务社会的一份责任，绝不能用它来牟利。她作为一个企业的当家人，平时事情多，本可以雇一个专职司机接送外出，可她偏偏自己去坐公交、挤地铁、打出租，她不喜奢华，而更乐意和社会大众融为一体……

小时候的她，由于不慎从大木头上摔下来，医生鉴定为脑震荡，休学了半年，拼音都没学会，脑袋也不算很聪明，有时候晚间学习困了，她就真的用"头悬梁，锥刺股"的方式叫醒自己，继续学习。功夫不负有心人，艳华后来还真考上了中专和大专……

那年在长春的大街上，偶然遇到了在敦化老家居住时的一个老邻居，那个老奶奶八十多岁了，艳华得知她生活拮据，二话没说就把兜里仅有的十元钱塞到了老人手里。当时艳华的工资也就是每个月三十几元钱吧。

1994 年，由于取消双轨制，原来的单位经营困难，艳华就做起了面粉生意，这也让外行的她开始学习面粉知识。选择什么样的面粉生产厂家，艳华的标准是：不仅要考虑价格因素，更要从小麦的品质、品种和产区来甄选。除此之外，生产面粉的设备、工艺也要考察。最重要的是，这个面粉厂的领导班子是否团结上进，特别是一把手的人品、对工作的热情、责任心和公正心，都是她决定是否合作的考核条件。如果能遇上一位大公无私的厂长，她会毫不犹豫地选择合作……从选择小面粉厂到选择大面粉厂，这些是她对面粉质量一步一步深入认识的路怪

　　再后来的事孙翠翠都写了——她变成了一个有使命感、有责任感的粮食企业当家人，成为了现在的聂艳华。她的形象在我眼中、在我心里，可比当初与我成为一家人的时候高大了许多……

聂艳华爱人　马永辉